aNTIDATA
11 rue des Frères d'Astier de la Vigerie - 75013 Paris
editionsantidata@gmail.com
Avril 2020

aNTIDATA
présente

Karl Nouail

Votre session va bientôt expirer

Nouvelles

Vaisseau furtif

Une de ces journées où le bonheur vous apparaît comme la chose la plus simple au monde. La bulle vous éclate en pleine figure sur une plage de Quiberon et soudain, vous êtes heureux d'être heureux. Patricia, dans son troisième jour de bronzage, ses longues jambes brunes et son best-seller qui capturait des grains de sable entre ses pages. Sa fille Aurore, passant entre les gouttes maléfiques de l'adolescence : pas d'acné, pas d'amoureux débile, aucun intérêt pour les fringues à dentelle noire et la scarification. Son fils, Luc, dix ans, dont la fine musculature et le squelette bougeaient sans fausse note sous la peau bronzée, insolente jeunesse dont la beauté n'exige aucune restriction alimentaire. Marie, enfin, Marie. La princesse XXS. Sa voix avait conservé une tonalité de bébé. Pour combien de temps encore ce fragment ? Ce trésor éphémère ? Cette sucrerie ? Dont la toute-puissance se manifestait au moment où elle dirigeait vers lui ses grands yeux et demandait de l'aide ? Maintenant, elle le regardait souffler dans sa bouée licorne avec une admiration sans bornes. Le merveilleux avait encore une place dans sa vie et elle ne doutait pas des pouvoirs surnaturels de son père. Sa tâche accomplie, Daniel soupira en s'allongeant sur la serviette.

Le soleil traversait ses paupières. Tout était orangé, avec des taches en suspension. S'il n'y allait pas maintenant, il risquait de sombrer dans la léthargie, peut-être même de s'endormir. Une gerbe de sable lui gifla la figure. Un pardon pressé et Luc récupérait son ballon avant de rejoindre son équipe de foot imaginaire. Même pas grogné. Le repas de midi, la chaleur et les trois verres de rosé avaient flingué son système d'évaluation. Tout était à sa place. Tout était juste. Même les effets collatéraux des jeux de plage. Le voyant s'alanguir, Patricia dit :

— Tu retardes ta baignade. Tu as raison.

Elle avait le regard caché derrière d'immenses lunettes de soleil.

— J'ai la flemme. Mais… Si je n'y vais pas maintenant, c'est mort…

— Laisse passer la digestion, répondit-elle.

C'était le genre de phrase à lui filer des boutons, trop connotée années 1980. Il avait la sensation de suivre discrètement une route déjà empruntée par ses parents. Or, il ne voulait rien avoir en commun avec un couple de quarante ans, des années Mitterrand, qui avait pour seule excitation la découverte de l'investissement en bourse et des projets d'achat immobilier pour garder le même niveau de vie à la retraite. Il n'allait pas laisser la raison diriger sa vie.

— La digestion, c'est dans la tête ! murmura-t-il.

— Tu fais quoi ? demanda Luc en le voyant debout, tu viens jouer avec moi ?

— Je vais nager.

— Ah, tu as changé d'avis… Ne t'éloigne pas trop… dit Patricia distraitement.

Il traversa la plage sans tricher, sans rentrer son ventre, mais en faisant attention à se tenir bien droit. Son corps était chaud à l'intérieur comme à l'extérieur et le contraste avec la mer fut violent. Patricia était originaire de Pontivy et depuis qu'ils vivaient à Lyon, elle réclamait trois semaines tous les ans dans la péninsule. Ils avaient de jolis paysages, indéniablement, mais la flotte des Bretons était criminelle. Elle réjouissait les vieilles personnes à la recherche de sensations fortes. Comme si les secousses du froid pouvaient restaurer les molécules dans leur état d'origine. La baignade ici était un geste héroïque. On n'y allait pas par plaisir, mais pour la joie rétrospective d'avoir osé le faire. Les gens normaux - frileux - comme lui, devaient contrarier leur instinct de survie. Et Dieu sait qu'il aimait nager !

Combien de temps un corps immergé dans l'océan Atlantique pouvait-il survivre ? Il posa les mains sur les hanches en considérant le chemin à accomplir avant l'immersion complète, une progression dure, avec toujours la tentation de reculer suite à un léger vertige. Mais il savait la récompense : nager, se déployer, libéré de l'apesanteur, avant de sortir en grelottant et atteindre l'extase, allongé sur une serviette, la peau constellée de gouttes d'eau qui s'évaporent au soleil.

Le repas un petit peu trop arrosé se manifestait sous la forme d'une sensation de manque - sommeil, hydratation, confiance en soi ? Le temps de jeter un œil dans son dos, de voir Marie et Luc regarder dans sa direction, il décida de ne pas flancher pour donner à ses enfants l'exemple d'un père courageux.

Quand le corps disparaît sous la surface de l'océan pour la première apnée, vous éprouvez une joie incomparable. Ce plaisir vous rappelle combien il est bon de s'infliger une petite torture préalable. Daniel était bien, à l'aise, en osmose avec l'élément. Il prit la direction du large, en crawl, détendu, gestes synchronisés, mesurés, sans forcer. La nage décomprime les articulations, la sensation de bien-être est immédiate. L'eau froide lui léchait la peau et c'était bon.

Combien de mètres le séparaient du fond ? Il ouvrit les yeux sous l'eau, la lumière s'estompait du bleu au noir. Il se retourna, fit la planche en clignant des yeux à cause du soleil. Même si la mer était calme, il était bercé par un puissant et lent mouvement. Il s'imagina réincarné en méduse. Il passa à la verticale pour admirer la plage. Il exécuta quelques brasses. Un bateau pneumatique s'était égaré loin de la côte. Il guetta des signes de panique. Assurément non, la silhouette était celle d'un adulte recouvert d'une serviette noire pour se protéger du soleil. Il progressait avec lenteur, maladroit avec ses pagaies.

Il n'eut pas le temps de replonger dans ses rêveries de nageur, un cri attira son attention de l'autre côté. On appelait à l'aide. Daniel se trouvait exactement entre le bateau et le nageur en détresse. Il regarda l'un et l'autre, ne sachant pas quoi faire. L'embarcation allait dans la bonne direction, mais si lentement ! Il scruta la plage, personne n'avait pris conscience du drame. Le baigneur recommença à crier. Il avait vu Daniel et il l'appelait. Soudain, il disparut sous la surface, puis réapparut en poussant un nouveau hurlement. Le dernier qu'il fut capable de produire, car il était trop faible. Daniel partit dans sa direction, concentré, pour aller le plus vite possible sans dilapider son énergie. Il lui en faudrait beaucoup pour le ramener.

En le voyant arriver, le baigneur reprit un peu confiance et réussit à garder la tête hors de l'eau. Un premier bon point pour lui. Daniel avait entendu l'histoire d'un sauveteur amateur entraîné par le fond à cause d'une victime qui s'était jetée sur lui. Celui-là n'avait pas l'air dingue. Il était gras avec de la bave dans le coin des lèvres, la trentaine. Daniel lui expliqua son projet :

— Je vais vous ramener, vous aller vous détendre, vous allez vous laisser porter par l'eau et moi je vais vous tenir, on va faire comme ça… et on va rester calme…

Le type dans le bateau pneumatique continuait d'avancer dans leur direction, il accéléra, il venait enfin de comprendre.

Le gros gars se laissa aller en respectant les consignes. Il frissonnait, répétait, d'une voix chevrotante, combien il avait été négligent. Il connaissait le coin pourtant : il habitait à une trentaine de kilomètres, arriva-t-il à dire en claquant des dents. La mer bretonne avait commencé à le mettre à mort.

Daniel avait le vague souvenir, adolescent, d'avoir tracté un mannequin dans une piscine municipale, mais il ne bougeait pas et les bords n'étaient pas loin. Sans compter une eau paisible. Ici, la houle commençait à lui donner la nausée. La nage en arrière était épuisante. Le plus dur n'était pas le rétropédalage mais d'entendre le type se plaindre. Daniel lui demanda de se taire. Le bras passé sous l'aisselle, il lui avait agrippé le poignet du bras opposé. Rien dans le passé de Daniel ne le garantissait d'avoir les ressources physiques pour nager une cinquantaine de mètres avec un tel fardeau.

Tout à coup, l'homme s'agita et commença à geindre :

— Il est là, il vient me chercher !

Le sauveteur avisa le bateau pneumatique, jaune et rouge, de petite taille, et son occupant ratatiné sous une serviette noire qui cachait son visage. Seule partie visible, deux bras décharnés, d'une pâleur étonnante, qui activaient les rames. Daniel lui dit :

— Vous croyez possible de le hisser dans votre bateau ?

— Je suis là pour ça, répondit-il.

Le nageur imprudent poussa un hurlement de terreur.

— C'est lui ! C'est le bag noz !

Il s'agita, les yeux exorbités, en voyant s'approcher l'esquif. Il remuait tellement que Daniel faillit le lâcher. Il lui grogna dans l'oreille d'arrêter tout de suite son cinéma. Apparemment, la fatigue lui donnait des hallucinations. L'embarcation commença à dévier, elle décrivit un cercle autour de Daniel et de son breton épouvanté. Le rameur était tout près, on pouvait entendre le frottement du corps osseux contre les boudins en plastique.

— Vous êtes sûr ? demanda Daniel, considérant la grande silhouette du vieillard.

— Il est pour moi.

Il n'était pas très loquace. Un autre breton, songea Daniel. On disait qu'ils étaient parfois un peu rugueux dans les relations humaines. Mais en dépit de sa maigreur et de son âge avancé, il dégageait une impression de force physique presque surnaturelle. L'autre s'était mis à pleurer et modulait un cri angoissé.

— Ça va aller, vous êtes entre de bonnes mains… le consola Daniel avant de prendre à témoin l'homme qui flottait à quelques mètres : dites-le lui, tout va bien se passer !

— C'est bientôt fini… répondit-il.

Ce qui provoqua une nouvelle plainte du gars dans un flot de larmes, et des « non, non, non » qui s'esquintaient dans sa gorge. Le navigateur était grand, voûté et sa voix, lugubre. Tout en lui, à commencer par la peau qui n'avait pas vu le soleil au cours des six derniers mois, était bizarre et repoussant… Daniel en arrivait à comprendre la terreur de l'homme dont l'épuisement avait altéré le bon sens.

— Approchez-vous, proposa Daniel.

Le nageur imprudent, dans un ultime sursaut, s'agita, cria et lui éclaboussa la figure.

— Il veut m'emporter ! Il veut m'emporter ! Me laissez pas avec lui…

Daniel prit un coup de genoux dans la cuisse et par réflexe lâcha le type désormais incontrôlable ; il prit peur lui aussi, sa volonté d'être un héros déclinait. Il n'avait plus la possibilité de le remorquer. Il ne pouvait plus rien faire d'autre. Ses forces l'abandonnaient.

— Récupérez-le ! cria-t-il au vieillard.

Les cris du nageur se répandaient à la surface de la mer, il ne voulait pas monter sur le navire et Daniel espérait, naïvement, qu'on l'entende depuis la plage, avec pour conséquence heureuse que des hommes athlétiques se jettent à l'eau pour venir l'aider. Le type dans le bateau voulut se mettre debout, mais à moitié relevé déjà, il faillit chavirer, alors il replia ses longues jambes osseuses et blanches, et retomba lourdement. Il saisit un objet. Daniel crut d'abord à une pagaie trop longue. Mais son extrémité avait la forme d'un sabre, un petit sabre emmanché à un bout de bois. Le vieil homme l'agita rageusement dans la direction du nageur. Sa mâchoire s'ouvrit pour donner un ordre :

— Accroche-toi…

Mais le nageur en détresse refusait. Évidemment… Zéro psychologie… Daniel interpella le rameur :

— Il a peur, tendez-lui la main ! Pas un bâton ! En plus, vous risquez de percer les boudins avec ce truc métallique au bout.

Cette perspective n'avait pas effleuré le vieil

homme. Il s'arrêta de gesticuler, observa la lame scintillante, et la reposa délicatement dans le fond. D'un coup de pagaie, il approcha son embarcation et ses deux grands bras réussirent facilement à hisser le nageur. Il était d'une force étonnante... Le rescapé ne réagit pas, il se laissa faire, sans hurler, comme sous l'effet d'une puissante hypnose. Daniel n'en pouvait plus, son corps ballotté, ses muscles endoloris... Devait-il lui aussi demander de l'aide ? L'homme dans le bateau semblait attendre un signe de sa part, sa grande silhouette laiteuse cachée sous le drap de bain se balançait de droite à gauche, comme si le débat intérieur qui l'occupait à cet instant l'avait transformé en pendule. Daniel regarda en direction de la plage et il décida de se débrouiller tout seul.

À proximité du sable, la mer formait de petites vagues. Émergé, son corps pesait mille tonnes. Il titubait. S'assit pour reprendre son souffle. Personne sur la plage n'avait assisté au sauvetage.

Daniel passa un long moment à scruter l'horizon pour voir où avait bien pu passer l'embarcation. Cette énigme l'empêcha de dormir. Il ne trouvait aucun scénario plausible. Avaient-ils coulé tous les deux ? Le lendemain matin, les yeux cernés, il tenta de se changer les idées, enfila short et chaussures de sport pour aller courir le long de la grève. Un camion de pompier était garé dans une dune et, au bord de l'eau, un groupe s'activait autour d'une masse échouée. Il s'en approcha, et réussit à entrevoir et reconnaître le corps. C'était l'homme qu'il avait sauvé, chair gonflée, sans âme. Un pompier un peu plus bavard que les autres l'informa que le noyé avait séjourné une vingtaine d'heures dans la mer, on avait signalé sa disparation la veille. Le reste du séjour, Daniel attendit que la mer rejette une seconde dépouille, celle du vieillard dans le bateau pneumatique. En vain.

Petite Mort

La vente de marijuana à un jeune garçon handicapé de son lycée avait été la goutte d'eau. Ses parents, abasourdis, avaient consacré une bonne partie de la nuit à en discuter, tiraillés entre une lancinante culpabilité – qu'avaient-ils raté ? – et la nécessité d'une sanction qui frappe l'esprit de ce petit con. La punition devait être proportionnelle à la gravité de la faute, mais sans préjudices psychologiques, aussi Hélène et Marc avaient-ils décidé d'éloigner leur fils unique de Rennes en lui imposant une retraite estivale chez une très vieille tante, à une quarantaine de kilomètres à l'est, dans la ville de Fougères. En apprenant la nouvelle, Anthony avait eu une grimace d'écœurement qui n'était pas sans rappeler la façon dont Billy Idol soulevait sa lèvre supérieure quand il chantait, mais bien sûr il ne connaissait pas cet artiste qui avait connu la gloire dans les années 1980, seul son père avait remarqué la similitude. Ce rictus éveillait chez Marc le souvenir des trois fausses couches de son épouse ; un immense regret s'emparait de lui et il songeait, mélancolique, à ces anges qui auraient pu, qui sait, devenir des jeunes filles sensibles, pleines d'affection et intelligentes. Au lieu de câlins au petit déjeuner, il était obligé de composer avec un être qui avait le monopole de l'affection parentale, transpirait des pieds et dont les principales sources d'intérêt étaient l'iPhone, son nombril et la marijuana.

Ils étaient côte à côte sur le canapé, elle contre le dossier, lui les coudes enfoncés dans les cuisses, en position de combat, et leur fils, debout, longue silhouette un peu voûtée, avec tout un tas de cheveux qui changeaient d'orientation quand il passait sa main dedans. Très en colère, le jeune garçon pédalait mentalement pour échapper au piège. Il asséna son argument favori :

— C'est un abus de pouvoir.

— Cette période d'isolement te donnera l'occasion de méditer sur ton geste et d'en mesurer la gravité, rétorqua son père. Mais… je peux te proposer une alternative, si tu veux, dit-il en plissant les yeux.

— Ah ouais ?

— J'arrête de payer ton forfait téléphone et je bloque la wifi pendant trois mois.

Anthony se demanda s'il se foutait de lui. Marc confirma d'un sourire narquois, sa main ne tremblerait pas avant de mettre à exécution sa terrible menace.

— C'est du chantage…

— J'en ai rien à faire de tes états d'âme !

— C'est des méthodes de droite.

Excédé, Marc lâcha :

— Tu me casses les couilles ! Voilà ! À gauche et à droite… Les deux !

Stupéfaction dans le salon aux rideaux immobiles. Un barrage mental avait rompu. Marc le pointa de l'index, en continuant à déverser des postillons et tout un tas de commentaires désagréables sur les milliers de petites trahisons qu'il avait commises depuis sa naissance. Depuis ses douze ans, avait tempéré la maman ; avant cet âge, il y avait eu des signes avant-coureurs, une propension à salir ses vêtements ou à bâcler les cadeaux de la fête des pères, rien qui puisse, à ce stade, gâcher l'immense espoir qu'ils avaient placé en lui. Mais le premier bouton d'acné coïncidait avec une douloureuse prise de conscience : leur fils était un ingrat.

Anthony avait fui le salon inondé de mauvais sentiments et il avait verrouillé la porte de sa chambre pour réfléchir à la suite. En fin de matinée, il avait capitulé.

Martine approchait les quatre-vingts ans et il pensait qu'elle était à moitié sourde ; Marc parlait fort au téléphone avec ce ton enjoué de personnel d'EHPAD quand il annonce le plat du jour ; il évita d'inquiéter la vieille dame avec cette histoire de drogue, préférant mettre l'accent sur les bulletins scolaires médiocres d'Anthony. Son fils mettrait à profit sa retraite pour bosser un peu.

Un mois plus tard, Marc déchargeait le VTT du coffre de la Volvo, tandis qu'Hélène s'extasiait devant la profusion de fleurs au rebord des fenêtres. La maison était au pied du château médiéval, on descendait une marche pour accéder à la petite porte d'entrée, pareille à celle d'une grotte. Martine était voûtée, comme si avec le temps le corps s'était adapté à son habitat de gnome. Elle souriait tout le temps et posa ses mains sur les épaules d'Hélène pour lui faire la bise ; son menton était agité d'un tremblement, l'excitation de voir débarquer des jeunes gens en pleine forme dans son trou à rats... Elle n'était pas franchement antipathique, mais à l'idée de saboter trente jours de sa vie palpitante, Anthony avait une légère nausée accompagnée de l'envie de plonger dans la douve, là, au pied de la muraille. Il vérifia discrètement si le réseau passait bien. Son père lui ordonna de descendre sa valise d'une voix de sergent-chef, pitoyable démonstration d'autorité en présence de la vieille dame qui continuait de sourire. Elle s'extasia devant la grande taille d'Anthony qui, de bonne grâce, s'inclina très bas pour recevoir son lot de bises. Il remarqua la présence d'un duvet au-dessus de ses lèvres et d'une poignée de fins poils blancs sur le menton.

Ils pénétrèrent dans la maison, saisis par la fraîcheur ; une odeur d'humidité flottait dans l'air, un mélange de papier peint préhistorique et de peinture cloquée. Carrelage au sol, couleur terre, une table au milieu couverte d'une nappe cirée déprimante. Ils s'installèrent pour boire un café en faisant des commentaires élogieux sur la forteresse. Anthony n'ouvrait pas la bouche. Cette ville était déprimante. La présence massive du château l'empêchait de bouger, lestée par le passé, une impression désagréable comme d'entrer dans une capsule de temps figé... Avec des poils blancs sur le menton.

— Alors, comme ça, tu viens travailler ? Il faudra aussi t'amuser un peu, hein ? C'est les vacances... dit-elle à l'intention du jeune homme.

Avant qu'il ne fasse une réponse piquante, Marc précisa qu'Anthony était venu avec son VTT pour profiter de la magnifique forêt en bordure de la ville. Sport et révisions, voilà la paire d'activités qui devait rythmer ses journées. Anthony feignait de ne rien écouter, il passait ostensiblement en revue les trucs décoratifs rassemblés dans la pièce : photos du château, une collection de vases moches alignés sur les placards, des blasons de villes de France aimantés sur la hotte d'aspiration, une horloge en panne...

— Pourquoi as-tu mis une photo du château alors qu'il est juste là, derrière les fenêtres ? finit-il par dire en désignant l'un des orifices qui laissait passer un peu de lumière.

— Ah-ha-ha ! Tu as raison !

Après dix minutes de banalités où ils apprirent que Martine se sentait en pleine forme, en dépit d'une cataracte dont la date d'opération était reportée d'année en année, Hélène établit les prescriptions alimentaires pour Anthony. Ce dernier était allergique au sarrasin, l'ingrédient principal des galettes au blé noir dont les gens d'ici étaient friands. Il convenait également de freiner sa consommation de sucre, pas de Nutella ou autres cochonneries à table, même si Anthony allait tenter de l'amadouer.

— Vous comprenez, n'est-ce pas ? avait fini par demander Hélène, ne sachant pas comment interpréter le sourire perpétuel de Martine.

— Oui, oui, pas de galettes, pas d'aliments sucrés.

— Enfin, disons le moins possible, dit Marc.

— Oui, mais où fixes-tu le curseur ? grinça Hélène. Martine a besoin d'une consigne claire, n'est-ce pas Martine ?

La vieille hocha la tête sans se départir de son expression de joie béate. Anthony avait l'air de savourer cet épisode. Tout ce qui gâchait l'exécution de la peine était bon à prendre. Il se rangea du côté de la vieille.

— C'est pas clair, dit-il. À la maison, je sucre mes corn-flakes.

— On n'a pas sollicité ton avis, rétorqua Marc.

— Venez voir mon potager ! dit soudain la vieille dame.

Ils la suivirent dans le jardin clos de murs, à

l'arrière de la maisonnette, où poussait, à l'abri du vent, une profusion de légumes. Anthony désigna d'étranges tomates, cylindriques et terminées en pointe, de grosse taille ; il refusait de manger des fruits mutants. Martine le rassura, ces tomates, appelées cornues des Andes, n'avaient rien à voir avec des produits transgéniques et elles n'étaient pas cancérigènes.

— Toutes les tomates ne sont pas rondes comme dans les supermarchés, ricana Marc.

Martine s'agenouilla devant un volumineux plant de tomates et murmura ce qui semblait être des encouragements à grossir. Puis elle sursauta en voyant Marc dans l'allée, donnant l'impression de ne pas savoir qui il était.

Hélène était restée à l'entrée du potager pour fumer, bientôt rejointe par son fils à qui elle avait pris l'habitude de donner une cigarette de temps en temps, pour éviter qu'il en achète lui-même. Marc profita du bref tête-à-tête avec sa tante pour vérifier qu'elle avait bien toute sa raison, il prit un ton faussement détaché pour l'interroger à la façon d'un neurologue. Martine laissa échapper un petit rire gêné à la question piège sur son repas de la veille… Elle finit par avouer, penaude, qu'elle avait oublié.

Dans la voiture, Hélène manifesta son inquiétude d'avoir abandonné leur fils à une personne une peu sénile.

— Elle est parfaitement lucide. Sois tranquille.

— Je l'ai vue parler toute seule.

— Elle parle à ses tomates. Tous les jardiniers sont comme ça…

— Non, les gens équilibrés ne parlent pas à leurs légumes.

— Elle connaissait Emmanuel Macron.

— Quoi ?

— J'ai fait un petit test. Elle connaissait Emmanuel Macron. C'est la preuve. Voilà.

— C'est pas Emmanuel Macron qui va contrôler la dose de Nutella avalée par Anthony.

Hélène s'enfonça dans le siège de l'auto, elle avait un mauvais pressentiment.

Anthony émergea le lendemain un peu avant onze heures. Il logeait dans une petite chambre à l'étage, sous l'immense grenier. Sa grande tante essaya de le dissuader de prendre un petit déjeuner trop copieux, car le repas de midi allait arriver vite. Il n'y avait pas de céréales, pas de Nutella ni de boissons sucrées, il proposa d'aller se ravitailler au supermarché le plus proche. Il découvrit que la ville n'offrait aucun circuit plat, ça montait ou descendait tout le temps. Il revint épuisé et prit une deuxième douche. Il s'installa à table vers midi et demi et arracha un bout de baguette qu'il s'apprêtait à garnir de Nutella.

— Ah non, ta mère a interdit les pâtes sucrées. Et j'ai préparé le repas de midi.

— C'est un genre d'apéro. Un apéro Nutella. Ça se fait en ville.

— Ta mère ne veut pas.

— Elle a dit, pas trop.

— Ton père a dit pas trop, mais Hélène a dit non.

— J'ai faim.

— Tu reposes la cuillère, dit-elle sèchement.

C'était nouveau, ça ! Il faillit se laisser intimider par la vieille. Sa fierté d'apprenti dealer imposait une réaction ; il bomba le torse et décida de ne pas laisser le dernier mot à Martine, même si elle lui faisait un peu peur avec sa bouche barrée de rides verticales qui se contractaient comme un accordéon entre les bras d'un culturiste. Il débita son discours de petit garçon poli : il adorait cette gourmandise au chocolat, ce n'était pas du poison, mais une juste récompense après avoir gravi à vélo toutes ces côtes, ce serait leur petit secret… « Je suis allergique au blé noir, pas au sucre ». Elle ne connaissait rien aux techniques de manipulation des adolescents. Dans son vieux monde, il y avait les enfants et les adultes, pas de créatures intermédiaires qui fument de la drogue en s'immortalisant par des selfies.

— Allez, fit-elle d'un ton badin, tu ne veux pas plutôt des gâteaux salés ? Du jus d'orange ?

— J'ai acheté du Coca, aussi.

— Certainement pas ! Non ! Pas de Coca.

Anthony hésita à braver l'interdit. Mais il était à Fougères ! À Fougères ! Lui, le délinquant qui se goinfrait de films gore, il n'avait peur de rien, il était comme un prince en résidence surveillée à plouc-land et il n'allait pas se laisser commander par une momie. Anthony n'avait peur de rien, sinon d'acheter par mégarde sur un site marchand une paire de Feiyue déjà démodée. Il dévissa le bouchon en faisant gémir le gaz, remplit le verre et avala une rasade de boisson couleur mazout avant d'étaler une épaisse pâte de cacao sur son bout de pain, lever un sourcil et l'enfourner, tout en laissant divaguer son regard. En mâchant, la bouche grande ouverte, il fixa ensuite la vieille dame et dit :

— Tu vois, je vais bien.

— Ta mère ne veut pas !

Il fit mine se s'étouffer, écarquillant les yeux, avant d'éclater de rire. Toujours la bouche pleine.

— T'inquiète, tata… Maman fixe des règles avec toi, mais à la maison, je fais ce que je veux. Elle abuse, elle fixe des règles bidon.

— Je ne veux pas que tu tombes malade ! protesta Martine.

La tortue blanche se mit à tourner autour de la table, sans savoir comment s'y prendre. Elle menaçait d'appeler son père maintenant.

— Martine, si tu appelles, maman va s'inquiéter pour rien… fit-il en empruntant sa voix de petit garçon.

Elle allait signaler à Marc son comportement s'il ne voulait pas se plier immédiatement au régime alimentaire prescrit. « Ah ouais, j'en ai rien à foutre », répondit-il.

Anthony poussa un cri. Un genre de glapissement. Elle venait de gifler la table juste à côté de sa main avec un torchon. Il avait claqué comme un fouet. L'adolescent planqua ses bras sous la table en ouvrant des yeux immenses. Il regarda le tissu qui pendait dans le poing de Martine. Elle avait transformé un chiffon en arme de guerre ! Il laissa la vieille s'activer autour de lui et faire disparaître jusqu'à la dernière miette de son festin, le pot de Nutella s'évanouit dans les placards au-dessus de l'évier et elle emporta la bouteille de soda avec elle dans la remise, en sortant par la porte de derrière.

Plus tard, Anthony dévora le steak, baignant dans une sauce noire où trempaient des haricots verts, il accepta une portion de camembert, et but un café accompagné de Petit Lu.

Mercredi après-midi, il se paya une séance pour *Assassin Squad*, un blockbuster qui mettait à l'honneur des super-vilains obligés de travailler pour une agence d'État secrète. Ça ne l'embêtait pas du tout de revoir le film car il avait un faible pour Harley Quinn, son humour insolent et ses microshorts. Muni d'un gobelet à popcorn de 350 centilitres, il entra dans la salle climatisée et avisa une blonde seule, avachie dans une rangée tout près de l'écran. Il osa s'asseoir à côté, en glissant un regard furtif, mais sans la mater franchement. Elle loucha vers son récipient en faisant une grimace.

— Tu comptes manger pendant tout le film ?

— Tu en veux ?

— Non. Je déteste les gens qui font du bruit pendant le film, rétorqua-t-elle.

C'était une remarque de vieux ! Elle réitéra sa question, il lui répondit du tac-au-tac, il avait l'intention de rationner sa consommation, manger petit à petit, pour tenir pendant toute la longueur du film.

— Dans ce cas-là, j'aimerais que tu t'installes loin de moi. Il y a plein de places.

— T'as qu'à changer de place, toi.

— J'étais là avant toi.

Il répéta en singeant une voix de rapporteuse de huit ans. Elle réagit si vite qu'il n'eut pas le temps d'éviter l'agression, elle balança sa main dans le gobelet, faisant voler une gerbe de pop-corn qui se répandit sur les deux fauteuils voisins.

— Mais t'es complètement relou, toi ! glapit Anthony.

Pour ne pas être tenu responsable du champ de bataille, il se leva et s'installa un peu plus loin en se forçant à rire. Elle était débile. Fougères... Ville arriérée... Population arriérée... Même pas possible de se goinfrer sans tomber sous la condamnation d'une adolescente au cerveau calcifiée. La honte.

Le lendemain, rongé par l'ennui, il découvrit le jardin qui bordait l'église Saint-Léonard, avec son kiosque et la terrasse qui dominait la campagne. Il traîna en essayant de compter le nombre de vaches dans les prairies en contrebas. Un groupe d'ados était installé sur la pelouse à côté d'un bassin peu profond. Il les ignora…

— Hey, mais c'est Pop-corn ! Pop-corn, tu me reconnais ?

Il distingua dans le groupe une fille blonde : c'était la folle du cinéma ! Elle l'interpellait en public et il n'avait pas l'intention de se carapater cette fois, l'orgueil mâle d'Anthony ne supportait pas cette idée. Il rejoignit le groupe d'un pas lent, et il toisa la fille. Elle se marra en expliquant aux autres leur rencontre. Anthony en profita pour faire deux trois blagues sur l'attitude old-school de leur copine, qui n'avait pas compris qu'on avait changé de siècle. Contre toute attente, il fut invité à partager leur bouteille de Coca. En retour il distribua généreusement ses Lucky Strike. L'après-midi avait dévié de sa trajectoire mortellement ennuyeuse et Anthony se sentit très vite à l'aise avec eux. La fille s'appelait Margot, elle vénérait Amy Winehouse et la playlist de son lecteur mp3 contenait des morceaux live inédits qu'elle avait prétendument dénichés sur le dark web.

Anthony se pressa pour ne pas rater l'heure du dîner avec Martine. Il avait décidé de la ménager. Il ne fit pas de commentaire sur la salade, dont les feuilles épaisses auraient pu faire le bonheur de limaces à condition qu'elles ne soient pas difficiles ; par chance, les tomates au bout pointu n'étaient pas encore tout à fait mûres ; abusant de compliments, il reprit deux parts de tarte à la rhubarbe. Vers vingt et une heures, brûlant d'impatience de rejoindre ses nouveaux amis et flippé à l'idée de voir la vieille dame faire des difficultés, il lui demanda la permission d'aller au bowling. Il avait le réflexe de toujours maquiller les faits, comme une seconde nature. Sous le régime totalitaire de ses parents, il n'avait pas le choix. Mais avec elle, pas la peine. Il finit par tout lui raconter, elle était bon public. Elle s'amusa du récit de la boîte de pop-corn et décida d'accorder sa confiance à Anthony sous une condition : il devait rentrer avant vingt-trois heures. Il négocia vingt-trois heures trente.

Les jours qui suivirent, Anthony les passa avec sa nouvelle bande d'amis. Du temps libre, ils en avaient à profusion, ils pouvaient s'offrir le luxe de ne rien faire. Martine l'interrogeait sur le programme de ses journées, il était tenté de répondre « on a glandé », mais il avait appris à se méfier du jugement des adultes, pour eux chaque minute de l'existence devait atteindre un objectif. Alors Anthony brodait et remplissait ces heures creuses d'activités imaginaires, de longues randonnées à vélo dans l'air sain de la forêt de Fougères, à écouter les oiseaux et observer les insectes, ponctuées par la lecture assidue de manuels scolaires pour préparer la rentrée. De deux choses l'une, soit elle était sénile, soit elle jouait merveilleusement bien la comédie en cautionnant les conneries d'Anthony. Cela n'avait pas vraiment d'importance.

Il pensait à Margot. Très souvent. De plus en plus. Margot et lui n'avaient pas beaucoup de points communs mais toutes ces petites différences stimulaient leur esprit de compétition, ils bataillaient pour avoir le dernier mot.

Un soir, alors qu'Anthony dormait profondément, il fut alerté par un grincement. Il se réveilla, mais le bruit s'était évanoui dans l'intervalle. Il pensa aux gonds de la porte qui conduisait au grenier. Dans la confusion du sommeil, le bruit était bizarre, pareil au cri d'un oiseau anormalement gros dans un parking désert. Son cœur se mit à battre en accéléré, il tapait dans ses côtes, comme des petits coups de poings malveillants. Les yeux grands ouverts, pour percer la nuit, il tâtonna à la recherche de son smartphone. Il était trois heures trente du matin, un silence de mort. Il évaluait les différentes possibilités : le plancher qui se dilate, un intrus dans la baraque (passé par la fenêtre du toit), Martine qui entre dans sa chambre en pleine nuit ? Il résista une demi-heure à l'envie d'aller uriner. Mais le jour était encore loin.

Il abaissa lentement la poignée de la porte de sa chambre et sonda l'obscurité, le couloir semblait infini, il chercha l'interrupteur et la lumière rétablit les proportions de la pièce. Il avança très lentement. Une odeur flottait dans l'air, un effluve moisi et âpre, comme la fourrure mouillée d'un chien malade. La vieille maison était rongée de toute part, pleine de trous, de champignons. Sans doute l'odeur venait-elle d'un mélange des vieux matériaux et des parasites installés là depuis des siècles, qui dévoraient lentement les murs et déféquaient dans la foulée. Il coupa un instant la lumière pour vérifier, pas de raie de lumière au sol sous la porte du grenier. Son urine resta longtemps coincée dans la vessie, il n'arrivait pas à se détendre, à cause du couloir dans son dos. Il avait laissé la porte ouverte et il tordait le cou toutes les dix secondes pour essayer de voir derrière lui. Quand le robinet finit par s'ouvrir, il sentit un frisson lui parcourir l'échine.

Le matin, il entendit à travers le plancher Martine discuter. Sa grand-tante recevait rarement de la visite. Contrarié, il descendit ; il avait dans l'idée de s'éclipser par la porte de derrière et de profiter un peu du soleil dans le jardin, le temps que l'intrus dégage. Mais en arrivant à la dernière marche, souple comme un chat, il s'inclina pour inspecter la cuisine sans être vu. Martine était assise sur une chaise, le menton appuyé dans sa main, et elle parlait d'un ton pressé, mais sans regarder son interlocuteur qui restait invisible aux yeux d'Anthony. Elle se plaignait. Évoquait ses tomates. Négociait un délai. Piqué de curiosité, il finit par la rejoindre dans la cuisine pour constater, avec un peu d'effroi, qu'il n'y avait personne d'autre. Elle l'accueillit comme si de rien n'était.

Anthony était devenu un personnage important du groupe et il aimait ça. Avec Margot, il composait un duo populaire qui alternait le chaud et le froid, souvent ils amusaient la galerie en improvisant des blagues, d'autres fois ils se repliaient dans leur bulle, indifférents aux témoins.

L'ennui est source de créativité et c'est dans les cerveaux en mode économie d'énergie que naissent les meilleures idées. Ainsi, le groupe d'adolescents avait-il décidé d'entrer de nuit chacun leur tour dans un jardin pour y dérober des trucs. Ils étaient huit au début à envisager le défi mais trois se débinèrent sous de mauvais prétextes. L'obscurité était longue à venir ; vers minuit, ils commencèrent à patrouiller dans le quartier de Bonabry en cherchant des maisons avec jardin sans lumières aux fenêtres. À tour de rôle, ils ouvrirent les portillons et se glissèrent dans les jardinets, rapatriant un pot de fleurs, un râteau, la spatule d'un barbecue. Anthony ramena une chaise de jardin et Margot un chat en terre cuite. Ils se chamaillèrent pour déterminer lequel des deux avait le plus beau trophée. Le vote à main levée désigna Margot, qui exécuta une petite danse moqueuse. Anthony s'installa sur sa chaise, au milieu du trottoir, et négocia un second round pour mettre à l'épreuve « la taille de leurs couilles ».

— On est d'accord que couilles est une métaphore, dit Margot.

Les quatre paires d'yeux attendaient la suite.

— Je purge une peine d'un mois chez une vieille tante de mon père. Elle a perdu la boule. Elle parle toute seule.

— Ma mère fait la même chose. Quand mon

beau-père la gonfle, elle se met à causer à son évier, avoua l'un des garçons.

— Non mais là c'est différent, elle a des conversations avec un personnage invisible.

— Elle a inventé un personnage ? Comme dans le film Donnie Darko ? suggéra un autre.

— Ça craint ! Ta tante est copine avec un lapin géant !

— Elle a imaginé un personnage pour lui tenir compagnie, ouais, c'est tout à fait possible.

— Je trouve l'idée flippante... Les vieux se permettent n'importe quoi !

— C'est quoi le rapport ? coupa Margot. Je ne vois pas le rapport.

— Hum, juste pour planter le décor, sourit Anthony. Je vous explique le nouveau défi...

Il consistait à pénétrer, Margot et lui, dans le grenier, sans lumière, et fouiller dans les malles pour trouver un vieux truc rigolo.

— C'est tout ? dit Margot.

— Un soir, j'ai entendu la porte du grenier s'ouvrir toute seule... Parfois, j'entends comme des pas au-dessus... Ce grenier est un endroit maléfique...

L'un des garçons s'inquiéta des conséquences si la tata sénile se réveillait en pleine nuit et, s'imaginant victime d'un cambriolage, faisait une crise cardiaque. Margot le rassura, ils seraient silencieux comme des fantômes. Elle avait hâte de démontrer à Anthony à quel point son défi était naze, tout juste bon à inquiéter un petit garçon trop imaginatif. S'ensuivit un interminable duel verbal. Une fois encore, les autres en étaient réduits au rôle de témoins, sans savoir s'il y avait dans leurs joutes un soupçon de colère ou seulement de la comédie.

Au pied de la muraille du château, l'eau des douves laissait échapper une brume que les éclairages électriques transformaient en fantômes orangés.

Ils montèrent très doucement les escaliers qui menaient au premier étage. Chaque marche proposait un craquement différent. À chaque tonalité, ils grimaçaient, levaient les mains au ciel, pouffaient de rire, en faisant des efforts pour ne pas dépasser le poids d'un moineau.

Ils étaient postés devant la porte du grenier, dans ce couloir qui sentait la poussière et le moisi, la lumière du smartphone d'Anthony dessinait un halo aussi vulnérable qu'une bulle de savon. Il chuchota :

— On y va ?

— Ouais, on y va.

— J'éteins la torche.

Elle sourit.

— Tu as peur ? demanda Anthony.

Elle répondit la vérité. Le visage du garçon s'éclaira d'une douceur inconnue. Ils sentirent tous les deux la chose leur traverser le torse et les relier un court instant.

— On y va, alors ?

— C'est parti... dit-elle.

La porte n'était pas verrouillée et elle s'ouvrit en silence. Tout était grippé dans cette baraque de Hobbit, sauf l'accès au grenier. Il passa devant elle dans l'escalier étroit et poussa la seconde porte qui frottait contre le sol, il s'aida de l'épaule ; puis ils avancèrent côte à côte en inspirant le plus doucement possible pour ne pas souiller leurs narines avec la poussière. Grâce aux lucarnes, l'obscurité n'était pas totale. Leurs yeux s'accommodèrent petit à petit.

Ils étaient encerclés d'un fouillis de meubles et cartons, tous les objets entassés au cours d'une vie, qui formaient une masse illisible. Et derrière, dans les interstices, attachées le long des chevrons, à la jonction du mur et du toit, des kilomètres de toiles d'araignées. Certaines étaient abandonnées, d'autres toutes neuves et élastiques convergeaient vers un tunnel de soie où veillait une grappe d'yeux gourmands. Même si on ne les voit pas, tout le monde sait que les greniers sont le royaume des araignées.

Anthony réussit à ouvrir l'une des lucarnes pour laisser entrer un peu d'air frais. La chaleur était étouffante. Sur une malle était posé un rouleau de moquette, ils dégagèrent le couvercle. On ne voyait rien à l'intérieur et ils avaient pris l'engagement de ne pas utiliser la torche du smartphone. Elle fit la grimace. Il enfonça la main dedans.

— Des livres… souffla-t-il, déçu, en poursuivant son exploration aveugle.

Il poussa un petit cri de victoire quand ses doigts rencontrèrent un réveil mécanique en cuivre surmonté d'une double cloche. Anthony activa le remontoir et la machine répondit d'un tic-tac régulier.

— Oh, regarde ! dit soudain Margot en indiquant un bloc volumineux dans leur dos.

Ca ressemblait à une armoire, mais d'une forme inhabituelle. Anthony s'approcha du grand meuble. Il était équipé de portes coulissantes, avec en contrebas une avancée au niveau des genoux. Des roues de charrette étaient taillées dans le bois. La voix de Margot lui expliqua la fonction du lit-clos, puis elle écarta les pans de bois, les glissières fonctionnaient encore très bien.

— Il y a toujours le matelas ! s'étonna Anthony en désignant le renflement à l'intérieur du meuble.

Méfiante, Margot huma l'intérieur, elle s'attendait à une odeur de moisi. Elle grimpa sur le banc et s'introduisit dans le cube.

— C'est comme une cabane !

La lune sortit de derrière les nuages et sa lumière traversa la lucarne pour venir lécher la rosace taillée dans le meuble, faisant luire les fuseaux qui prenaient une teinte métallique. Avec tout un côté dans l'ombre, les limites du meuble devenaient floues, il semblait empiéter sur le territoire des araignées pour s'étendre à l'infini.

— Tu as vu comme le matelas est bombé ? Il faut être deux pour l'écraser.

— Ça doit puer là-dedans...

— Non...

Dans le coffre, les yeux rieurs de Margot changèrent de couleur, aucune phrase mordante ne sortit de sa bouche. Anthony escalada le banc. Elle venait de retirer ses chaussures en toile et les jeta dehors. Le garçon fit de même. Elle avait les jambes repliées sur le côté, lui à genoux vérifia la hauteur du plafond.

— C'est minuscule.
— Pour garder la chaleur…
— C'est vrai qu'il fait chaud.

Le visage de Margot était comme phosphorescent et ses tâches de rousseur vibraient. Elle n'avait pas peur de le regarder. Même dans ce réduit intime pour couple Cro-Magnon. Anthony sentit perler une goutte de sueur à la naissance des cheveux, elle fila le long de sa tempe, Margot tendit le doigt, la captura, puis mit son index dans la bouche. Il avança le visage et posa un baiser dans son cou. Se ravisa et s'excusa bêtement. Elle murmura :

— Ça ne me dérange pas.

Anthony était bouleversé. Et bouleversé d'être bouleversé. Combien de filles avait-il embrassées depuis sa première conquête en sixième, combien de rotation de langues, le bras nonchalamment posé dans le creux des reins d'une fille sans prénom ? Des tonnes. En plus, il avait été le premier de sa bande à coucher. Alors pourquoi cette soudaine timidité ? Margot croisa les bras devant son ventre et retira son tee-shirt, dévoilant une brassière grise soulignée d'un liseré bleu. Anthony resta un moment en apnée, puis ses mains, très douces, qui n'avaient jamais été en contact – ou rarement, par accident – avec les substances abrasives des bricoleurs ou des femmes de ménage, se mirent en mouvement et elles surent quoi faire, nul besoin de réfléchir ou de leur donner des ordres. Ils se déshabillèrent mutuellement. Au climat du grenier, sous les pentes du toit chauffé à blanc, s'ajoutaient dans leur réduit quelques degrés supplémentaires. Ici, tous les sons étaient précieusement conservés, adoucis par le garnissage du matelas. Ils fermèrent les portes coulissantes en riant. Les deux amants dans leur capsule temporelle écoutaient la respiration de l'autre, ils ne voulaient rien perdre, tout capter avec intensité. Dans leur petite boîte isolante, il n'y avait aucune déperdition sensorielle.

Anthony et Margot transpiraient et l'humidité fraîchement jaillie de leurs corps faisait glisser les caresses. Anthony se sentait à la fois perdu et maître de la situation, esclave et roi, il prenait d'infinies précautions pour être sûr de ne pas lui faire mal, c'était tout le contraire des films qu'il regardait sur Youporn. Elle était si belle. Il n'avait jamais vraiment fait l'amour avant... C'était sa vraie première fois.

Au bout d'un moment, Anthony fut gêné par un bruit dont il n'arrivait pas à situer l'origine.

Le son était obsédant. Était-ce le lit qui grinçait ? Ça semblait venir de dehors même si le rythme avait l'air de coïncider avec leur mouvement. Mais le plaisir montait et lui enflammait le cerveau, il ne pouvait pas ralentir, pas maintenant. Tant pis. La friction des pièces en bois pouvait réduire à l'immobilité un couple timoré, pas eux, plus maintenant ! Tant pis si la vieille se réveille, les voisins ou tout Fougères ! Le plaisir en flèche avait une bonne longueur d'avance sur la honte. Et maintenant le grincement n'était plus qu'une petite chose noyée dans un océan d'étoiles. Margot s'agrippait à son dos, se cambrait. Anthony était si fort avec son cœur d'athlète. Le muscle au travail dans sa poitrine cognait si fort, pareil aux sabots d'un cheval. Il n'avait encore jamais entendu son organisme imiter le pas lourd d'un animal. Il explosa. Irradié de plaisir. Le grincement s'était tu. Et même si le cœur roulait à toute allure, le bruit de sabots s'était arrêté également.

Ils restèrent un long moment lovés l'un contre l'autre, à écouter leur corps ralentir et toutes les tensions musculaires se dénouer, et cela aurait pu durer une éternité si un frisson n'avait soulevé les épaules de Margot. Ils passèrent un peu de temps à réunir les vêtements éparpillés dans le lit-clos. Elle lui fit remarquer que le réveil mécanique s'était arrêté à deux heures cinq.

Il la raccompagna chez elle sans parler, en lui tenant la main. Anthony se coucha vers trois heures. Il resta un long moment les yeux ouverts tandis que son corps rejouait la partition, avec de délicates sensations.

Il se leva tard et fut étonné de ne pas trouver son bol et les couverts sur la table, mais un saladier rempli de ces bizarres tomates en pointe. Elles étaient mûres. Il sortit dans le jardin, persuadé de la trouver là. Essaya côté château : il lui arrivait parfois d'installer une chaise sur le trottoir et de ne rien faire. Personne.

Intrigué, Anthony frappa à la porte de la chambre de Martine. Il l'ouvrit timidement et appela sa grand-tante. Les volets étaient clos. Le garçon pressentait une situation embarrassante. Dans la pénombre, il distingua le lit, la vieille femme était allongée ; il remarqua d'abord la pointe des pieds, deux pics sous le drap tiré jusqu'à son menton. Le reste du corps, dans son immobilité, faisait songer à un tas de pierres. Elle était si mince ! Il s'avança et tendit la main pour allumer l'abat-jour posé sur la table basse. La lumière dévoila un visage creux, lisse, pâle, aux yeux grands ouverts.

Ankoo

— Quand tu approches de tes limites, tu t'en débarrasses… C'est une expérience au-delà de tout ce que tu peux imaginer… Mais il faut être prudent… Ne pas en abuser. La dépendance est le piège.

L'homme ingurgita sa salive en hochant la tête comme s'il validait ses propres paroles. Des reflets bleus ondulaient dans ses lunettes quand il bougeait la tête, ce qu'il faisait souvent, pour surveiller les allées et venues autour de lui.

— Et la contrepartie ? demanda François.

Ce bar lounge de l'avenue Montparnasse était fréquenté par des hommes plus tout à fait jeunes, et des femmes de moins de trente ans aux corps élancés qui acceptaient facilement qu'on leur offre des verres.

— Rien du tout. Complètement gratuit.

François Bernard exprima ses doutes. La notion de « complètement gratuit » cachait toujours une déception ou un mensonge.

— C'est merveilleux... ironisa-t-il.

Après un dîner calamiteux avec une femme rencontrée quelques semaines plus tôt, il avait échoué là pour avaler rapidement un alcool fort. Le type accoudé au bar avait engagé la conversation, avant de l'appâter avec son mystérieux logiciel.

— C'est gratuit, ne me demande pas pourquoi, insista l'homme. Je ne sais pas grand-chose de cette application à part qu'elle fait vivre des expériences de fou.

Son empressement à s'en débarrasser faisait songer à un vendeur de voitures d'occasion qui tente une ultime arnaque avant de fuir la ville. Le nombre bloqué d'utilisateurs intriguait François, tout comme sa diffusion clandestine, à partir d'une suite de lettres et de chiffres.

— Je te donne mon code. Tu télécharges sur ton smartphone. C'est simple.

— Et toi, tu perds l'usage de l'application ?

Voilà. L'application baptisée Ankoo fonctionnait sur le principe du parrainage entre inconnus. Une fois ses ressources épuisées, ou tout simplement pour ne pas devenir fou, on confiait le code à une autre personne et le logiciel se volatilisait, on le perdait à tout jamais, au profit d'un nouvel utilisateur. L'Ankoo proposait une plongée en eaux troubles et on pouvait s'égarer en abusant de cette bombe à adrénaline. C'est la menace à laquelle voulait échapper l'homme au bar. Il en avait suffisamment profité, disait-il. Et comme pour se donner un air détendu, il adressa un clin d'œil au barman car il connaissait bien les lieux. Il retira ses lunettes, en les saisissant délicatement par les branches, découvrant des cernes profonds, et sortit une enveloppe de la poche intérieure de sa veste mouchetée.

— Tu vas voir, c'est très bizarre, tu tapes les chiffres dans la barre url, directement, elle ouvre une page, tu cliques sur le lien et on te demande un code, là tu saisis seulement les lettres. Tu as compris ?

— D'abord les chiffres, ensuite les lettres.

Il tenait toujours l'enveloppe du bout des doigts, fit mine d'hésiter pour stimuler la convoitise de son interlocuteur.

— Qui dois-je remercier ?

— Je m'appelle Goulven... Et tu peux dire merci au destin qui m'a placé sur ta route.

— François.
Et ils échangèrent une poignée de main.

Le lendemain matin, François Bernard, qui regrettait d'avoir prolongé son excursion nocturne, s'empressa d'avaler un cachet de paracétamol. Le deal s'était provisoirement effacé de sa mémoire et il retrouva l'enveloppe dans la poche de son blouson en fin de journée. Une fois saisis les codes, et l'application téléchargée sur son smartphone, il l'ouvrit en supposant qu'on allait lui proposer un catalogue de prostituées offrant des prestations plus ou moins légales, plus ou moins borderline. Sur l'écran d'un noir profond, apparut lentement ANKOO en lettres fines. Ensuite plus rien. François s'épuisa les yeux et l'index à chercher un menu. Il commença à s'énerver en ne voyant nulle part une petite croix qui aurait permis de fermer l'application. Il éteignit l'appareil pour éviter au virus de se propager. Quand il le ralluma, l'Ankoo avait disparu sans laisser de traces. Un logiciel pirate. Il s'était fait avoir et se moqua de lui-même. Il planifia une visite dans une boutique pour reconfigurer l'appareil. Les jours passèrent et il oublia sa bonne résolution, n'ayant à déplorer aucun incident de fonctionnement de son téléphone.

François Bernard ne s'était jamais marié, il n'avait jamais eu d'enfants, il approchait de la quarantaine. Jusqu'à présent, il jugeait son parcours personnel enviable sur bien des plans ; il avait esquivé avec grâce les effets secondaires du succès matériel ; ni regrets, ni dépression ni ennui ne venaient ternir le beau ciel bleu de son existence. Mais depuis un an, après la mort de son père, suivie du décès de sa petite chienne d'un cancer virulent, un mouvement s'opérait en lui et il sentait le néant grignoter peu à peu ses pensées. Peu enclin à l'introspection et doté du tempérament orgueilleux d'un ex-sabreur vice-champion de France junior, il avait entrepris de combler cette impression de vide en y faisant couler un fleuve d'activités toutes plus excitantes les unes que les autres. Comme le globetrotteur saisi d'angoisse dans la salle d'embarquement à l'annonce d'un retard, il devinait dans l'immobilité du corps et de l'esprit la menace d'être avalé tout entier. Or ce qui pendant des années avait fonctionné s'avérait désormais inopérant pour le divertir de son angoisse. L'Ankoo arriva donc au bon moment.

François était directeur d'un complexe sportif de standing sur les bords de Seine, dans le XIIIe arrondissement, qui comptait une piscine, des salles de fitness, un spa et des terrains de tennis sur terre battue. Il affolait le conseil d'administration par ses projets pharaoniques, mais il était doué d'un pouvoir de persuasion hors du commun et l'expérience prouvait son flair pour guider l'argent dans le bon sens.

Ce matin-là, très tôt, il contemplait le sol velouté d'un terrain de tennis fraîchement rénové, quand son téléphone vibra. Aussi curieux que cela puisse paraître, il pressentit un message important. Sur un fond noir, s'inscrivait un texte sommaire :

PLACE GEORGES POMPIDOU
17h33

À peine le temps de mémoriser, l'invitation s'effaçait pour laisser place à son écran d'accueil habituel constellé d'icônes. François demeura songeur quelques secondes, avant de comprendre qu'il avait été appelé par l'Ankoo. Il fut séduit par le mode de fonctionnement très particulier de cette application, économe, qui avait le don de chatouiller la curiosité. Il quitta son travail plus tôt que d'habitude pour honorer le rendez-vous, muni d'une paire de préservatifs, au cas où.

La place grouillait de monde en cette fin d'après-midi de printemps, François arriva un peu en avance et resta aux abords, marchant dans la rue Saint-Martin qui longeait la place. Il se sentait plus en sécurité un peu à l'écart. Après tout, il n'avait aucune idée du genre de surprise qui l'attendait et, sans nourrir une paranoïa excessive, il savait modérer ses passions quand les facteurs inconnus étaient si nombreux. Le temps s'écoulait avec lenteur, rien ne parvenait à le distraire de cette attente et il fut soulagé de voir enfin son horloge indiquer 17h33. Pas un seul événement qui puisse attirer son attention, à part un nouvel éclat de musique d'un artiste de rue qui dansait sur un air de Mickaël Jackson. À 17h34, il commença à se détendre. Cinq minutes plus tard, il était traversé par une double émotion, faite de soulagement et de déception. Tout en jetant un regard périphérique, il marcha jusqu'à l'attroupement qui encerclait le clone de la star américaine. Il était vêtu de noir, avec toute une quincaillerie de chaînettes et anneaux, même ses bottines à bouts pointus étaient bardées de boucles de ceintures miniatures. Il dansait la tête inclinée, les rebords du couvre-chef dissimulaient son visage, seules des mèches de cheveux frisottés étaient visibles. Alors qu'il exécutait le fameux moon walk, le danseur se figea le torse creusé et il porta la main à son cœur. Le public ria et siffla. On était à Paris, un peu d'humour et de parodie aidaient à se distinguer. Mais son gag s'éternisait, au risque de sombrer dans le mauvais goût. Il grimaçait, les deux bras tordus. L'inquiétude gagna la foule. Mickaël Jackson se ramassa sur lui-même et son cri dépassa le volume de la musique. Un type corpulent émergea du cercle des spectateurs et se porta à son secours, mais avant qu'il n'arrive, le sosie était tombé à genoux et basculait en avant sans se protéger des mains. François grimaça en entendant le crâne cogner contre le sol. Il remarqua que le nombre de smartphones en mode vidéo avait augmenté, un détail qui amplifia son sentiment d'horreur. Il s'éloigna au milieu des cris.

Le soir, par curiosité, il fit une recherche sur le web pour confirmer son pressentiment : le Mickaël Jackson du centre Pompidou, trente-quatre ans, avait été foudroyé par une crise cardiaque.

Dans son lit, après une soirée cinéma, il tenta de débusquer dans les entrailles de son téléphone l'application qui lui avait fait perdre son temps en lui donnant rendez-vous pour un événement qui n'avait pas eu lieu. Il en parlerait le lendemain à Steve, le webmaster. Mais comme ce dernier était en arrêt maladie, François oublia une nouvelle fois de liquider l'application fantôme.

Une semaine plus tard, alors qu'il s'apprêtait à commander des sushis, étalé de tout son long dans le canapé devant la télé, François tâtonna pour attraper son téléphone posé derrière-lui sur le large accoudoir où reposait sa tête surélevée par des coussins, et il sursauta. S'affichait sur l'écran un message en lettres blanches qui l'invitait à rejoindre un PMU dans une rue à sept stations de métro. La curiosité l'emporta.

Entre le moment où il enfila sa veste et son retour à l'appartement, il s'écoula à peine deux heures. Et s'il était parti l'esprit léger, il revenait l'estomac tordu. François s'enferma, éteignit le portable et nettoya ses chaussures éclaboussées de gouttes de sang. L'un des clients du PMU s'était fait poignarder devant lui. Il dut avoir recours à une combinaison whisky et herbe pour commencer à se détendre. Mais son corps amolli n'arrêtait pas la machine mentale pleine d'hypothèses. La possibilité d'une coïncidence s'amincissait.

Tout événement à première vue désagréable peut induire un effet positif. Au cours d'une soirée mondaine, François devint le centre d'attraction : situé aux premières loges du meurtre du PMU, il donnait des détails glaçants sur la vitesse de la lame, traversant silencieusement les couches de vêtements et la chair, le cri d'épouvante de la victime, le gargouillement du sang au dernier souffle. François avait regardé l'assassin droit dans les yeux et jamais il n'oublierait son expression, disait-il. En convoquant les images du sinistre fait divers, François éprouva secrètement de la jubilation.

Il attendit un nouveau signal de l'Ankoo. Qui ne tarda pas. Dès le lendemain, il était invité à se rendre devant un immeuble haussmannien, où une équipe d'artisans perchés sur un échafaudage s'activait à rénover la façade. François imaginait trop bien la suite. Il interpella l'homme le plus proche du sol. Il était arrivé trente minutes avant l'heure indiquée et il espérait ainsi éviter un drame. Le gars n'entendait rien à cause de la circulation, il descendit en grognant. Il écouta François s'inquiéter des conditions de sécurité, et après avoir vérifié par des questions subtiles qu'il n'était pas de l'inspection du travail, il l'envoya balader. À l'heure dite, François ferma les yeux pour ne pas voir l'un des peintres s'écraser au sol. Mais le bruit du corps le hanta des heures durant. À la suite de cette troisième mort, il passa une nuit blanche. Les jours suivants, l'horreur s'était estompée au profit d'une curiosité morbide qu'il tentait de repousser en se jurant de ne pas céder à la prochaine convocation de l'Ankoo. Bien sûr, il n'eut pas la force d'y résister. Et il regarda un homme se jeter sous une rame de métro.

Il prolongea l'expérience et assista à la mort d'une vieille dame trompée par la hauteur du marchepied d'un bus, d'un livreur de pizza indifférent au trafic, d'un SDF assoupi dans une impasse entre les bacs à ordures. François Bernard ne se sentait pas vraiment coupable, il ne s'agissait pas d'une mise en scène macabre, mais bien d'une prédiction : ces personnes étaient condamnées et sa présence n'y pouvait rien changer. Quant à savoir comment ce truc fonctionnait et pouvait établir à coup sûr le lieu, le jour et l'heure des morts, il n'avait aucune piste. Même un algorithme ultra puissant ne pouvait pas recueillir toutes les données aléatoires et intimes qui tissaient le futur. Il songeait à mettre fin à son activité de voyeur, mais repoussait à la fois d'après. L'émotion offerte gratuitement par l'Ankoo avait un effet comparable à celle d'une drogue qui aurait, à chaque prise, une expression différente. Il lui arrivait d'en rêver la nuit, parfois des cauchemars l'oppressaient et il sortait de cet enfer en criant. Il savait que toute drogue provoquait des effets secondaires, c'était le prix à payer.

Ce jour-là, François Bernard avait reçu des coordonnées GPS et pas de nom de rue, c'était nouveau. Vérification faite, l'application lui avait donné rendez-vous dans le parc de la Planchette, à Levallois-Perret. Il marchait vite, sans prêter attention au paysage verdoyant ; le nez penché sur son appareil, il percuta un enfant qui tomba sur les fesses. Sa mère, le soupçonnant de jouer à capturer des Pokémon, le traita d'adolescent attardé. Il avait du retard et craignait de louper la mort. Enfin, il arriva à destination et regarda autour de lui. Il avait atterri au beau milieu d'un parc pour enfants avec des toboggans, deux portiques, une mini forteresse, un parcours d'aventuriers avec un pont suspendu et des filets à escalader tendus autour d'un totem. Partout, ça grouillait d'enfants... On était mercredi. François tourna plusieurs fois sur lui-même pour évaluer quelles structures étaient les plus dangereuses, mais sentant un vertige, il arrêta de faire la toupie ; certains parents avaient remarqué son comportement agité. Il restait une minute avant le drame. François Bernard décida de fuir la tragédie programmée et, tandis qu'il marchait dans l'allée ombragée, il sursauta quand perça le cri effrayé d'une maman. Il demeura immobile quelques secondes. De la gorge de la femme s'élevait une modulation, comme une nappe sombre qui promettait l'extinction des rires à tout jamais. François, cible de quelques regards suspicieux, se remit en marche, filant vers la station de métro la plus proche.

La tragédie du parc avait électrifié sa conscience et il décida de remonter jusqu'à son « parrain ». Il n'eut pas beaucoup de mal à obtenir du serveur du bar lounge de l'avenue Montparnasse les informations nécessaires pour débusquer Goulven. L'homme habitait un appartement à l'angle de la rue Legendre et de la rue Nollet, dans le XVIIe arrondissement. François Bernard resta un petit moment planté devant la vitrine d'une pharmacie, espérant voir entrer ou sortir quelqu'un de la porte verrouillée du rez-de-chaussée. Il était un peu plus de dix-neuf heures. À sa grande surprise, ce fut Goulven lui-même qui apparut. Sa longue silhouette dans un imper, car il crachotait, portant une paire de lunettes aux verres fumés, incongrus à cette heure tardive. François traversa le passage clouté et l'interpella, l'homme se retourna et afficha un air incrédule. Il ne l'avait pas reconnu, mais instruit de son identité et du lien qui les réunissait, il céda à la colère.

— Comment avez-vous fait pour me retrouver ? On ne se connaît pas !

François tenta de parlementer, il crevait d'envie de le saisir par son imper et de le secouer jusqu'à voir ses lunettes glisser de son nez.

— Foutez le camp ! C'est interdit d'entrer en contact ! répondit Goulven.

Exaspéré, François lui attrapa le bras, l'autre, indigné, tenta de se dégager, mais son interlocuteur resserra la prise et murmura une menace qui pétrifia Goulven. Il donna le sentiment d'écouter et de s'apitoyer sur l'histoire de l'enfant mort dans le parc. Hocha la tête. Mais quand François eut l'impression de l'avoir raisonné - il espérait enfin obtenir des éclaircissements -, son « parrain » esquiva et partit en courant. François se lança à sa poursuite. Goulven tenta de traverser la rue, François cria en voyant surgir la camionnette. Le véhicule freina quelques mètres trop tard, le crissement des pneus précéda la collision qui jeta au sol le corps de Goulven. Effrayé à l'idée d'être jugé responsable de l'accident, François Bernard s'éloigna, les yeux rivés sur le sol.

Plus il fuyait - d'abord le parc où l'enfant était mort, ensuite le quartier de Goulven -, plus il avait le sentiment d'être pris au piège par une force implacable qui le remettait, quoiqu'il fasse, au centre du jeu. Maintenant il avait la trouille de voir débouler chez lui un flic venant démêler cette intrigue où il jouait un rôle de témoin. Il était coupable depuis plusieurs semaines de non-assistance à personnes en danger. Sa tentative d'arrêter le processus avait provoqué la mort de Goulven. Il ne savait quoi faire après avoir confié son téléphone une demi-journée au webmaster du complexe sportif. Ce geek champion du monde avait affirmé le système de l'appareil sain. Il estimait son diagnostic fiable à 99 %. Le 1 % accordé si jamais, avait-il dit sans rire, « nous étions en présence d'une technologie extraterrestre ».

François Bernard ne dormait presque plus ; il commit quelques maladresses qui ternirent sa réputation de directeur. Il était temps de se ressaisir. Avant que l'Ankoo lui suggère un nouvel événement à ne pas manquer, il se mit à patrouiller dans la gare Montparnasse en quête d'un filleul. Pourquoi cette gare ? Il ne savait pas… Comme si on lui avait soufflé l'idée… Au Starbucks, niché au pied des escaliers roulants qui menaient à la dernière plateforme, il fit la queue pour commander un espresso ; muni de son gobelet, il avisa un jeune type vautré dans un des fauteuils, des écouteurs enfoncés dans les oreilles. Il s'installa en face de lui, d'un air nonchalant, en essayant de croiser son regard. Comme il devenait insistant, le jeune homme quitta l'endroit en lui murmurant qu'il n'était pas pédé. Son voisin de table se pencha vers lui et soupira qu'il était bien difficile de draguer en dehors des sentiers battus. François dévisagea l'homme d'une soixantaine d'années, barbe fine, cheveux argentés, portant noué au cou un foulard en soie décoré de petites têtes de mort. Il leva un sourcil.

— Puis-je ? proposa-t-il en désignant le fauteuil laissé vacant.

François, pris au dépourvu, se contenta de répondre évasivement aux questions du séducteur. Mais très vite, il apprit quantité de choses sur ce type qui travaillait dans une agence de pub à Rennes. Alors, François se mit à vanter les mérites d'une application réservée à quelques initiés. Il distilla promesses d'émotions fortes, faisant planer un brouillard qui, au lieu d'inquiéter, stimulait l'imagination. Fasciné, l'homme lui arracha des mains l'enveloppe contenant les codes. Voilà, ce n'était pas plus compliqué. Ils se quittèrent sans politesses excessives, sachant l'un et l'autre qu'ils ne se reverraient pas. François avait donné toutes les consignes de prudence, insistant sur la plus importante : savoir se débarrasser de l'application avant les premiers signes d'overdose émotionnelle. Ainsi, sa culpabilité était amoindrie.

Un an s'était écoulé. François aspirait à des activités de plein air ou qui mobilisaient sa réflexion, comme le jeu de go, auquel il s'adonnait dans un club tous les lundis soir ; il songeait à quitter son boulot pour la gestion d'un commerce coopératif bio et, après ses retrouvailles avec une ex, l'idée de fonder une famille commençait à faire son chemin.

Souffrant d'une douleur à l'aine que les analgésiques ne parvenaient pas à soulager, son médecin lui diagnostiqua une « hernie inguinale » qu'une intervention chirurgicale bénigne pouvait résoudre.

Allongé sur le brancard qui devait le conduire au bloc, il avala les comprimés que lui avait remis l'infirmière et plongea dans un état léthargique. Il avait une conscience aléatoire de son environnement, comme des trous au milieu d'un amas de coton où apparaissait, de temps en temps, la réalité, mais une réalité au ralenti. Il entendait couiner les roues. Son chariot s'immobilisa dans le couloir. Un type, sans blouse, marchait au milieu, avec l'expression d'un cueilleur de champignons téléporté par accident de sa forêt à l'hôpital. Il consultait son portable comme une boussole. Glacé par un mauvais pressentiment, l'esprit de François s'agita sous le matelas chimique, il essaya d'interpeller l'homme. Mais aucun son ne sortait de sa bouche. Ses tentatives de mouvements échouaient. Ses mâchoires s'écartaient à peine. Le visiteur s'arrêta à quelques mètres du brancard, leva les yeux de l'écran de son smartphone et croisa le regard de François. L'inconnu eut une expression d'effroi et tourna les talons. Un léger roulis signala le départ du véhicule à roulettes sur lequel était allongé François Bernard. Il s'engouffra entre les portes de la salle d'opération. Il luttait de toutes ses forces contre l'endormissement. Seule manifestation tangible : un éclat de terreur dans les yeux, mais il aurait fallu les observer avec attention pour, peut-être, avoir l'intuition du drame.

Supermarché

Le parking du supermarché est immense et vide en début de semaine ; elle en éprouve un sentiment de gratitude, comme si elle venait de décrocher un nouveau privilège réservé aux personnes méritantes qui traversent la cinquantaine avec courage. C'est vrai. Passé les rivages d'un demi-siècle, une attente se brise et la vie devient plus souple. On ne résiste plus, on accompagne le mouvement.

Claire jouit de liberté pour aménager son planning professionnel, elle est reconnue, on lui fiche la paix, on la sait exigeante avec elle-même ; ses enfants sont devenus de jeunes hommes réussis à tout point de vue, un savant dosage de virilité et de sensibilité. Claire a survécu, elle est sortie sans aigreur ni pansements d'une relation extraconjugale dix ans plus tôt. Elle a tenu bon. Elle n'a pas eu de ces soirées à répondre aux sollicitations d'une flopée d'inconnus qui font des copiés-collés de leur message d'entrée en relation sur Meetic. Claire fouille dans le vide-poche, mais le jeton en plastique à insérer dans la poignée du caddy n'y est plus. Par chance, elle trouve dans son porte-monnaie - son énorme porte-monnaie gavé de reçus de carte bancaire, cartes de visite et photos porte-bonheur -, une pièce d'un euro et elle continue d'empiler mentalement les preuves d'une vie heureuse.

Derrière les nappes de brouillard qui se dissolvent, le soleil est comme un amant dans la force de l'âge qui va bientôt se réveiller. Quand elle sortira du supermarché, il sera là éclatant et il exhumera sur sa peau les souvenirs d'une cinquantaine d'étés.

Ils ont changé les caddys il y a un mois, plus de chariots à roulettes en métal qui grincent et pèsent une tonne, les nouveaux sont moulés dans un plastique bleu. Elle ressent avec précision la fraîcheur de l'air qui s'infiltre dans ses narines et gonfle les alvéoles pulmonaires. Sa dernière cigarette remonte à plus de deux ans. En arrêtant la clope, elle a diminué sa consommation d'alcool et accepté la proposition, mille fois repoussée, de sa copine Véronique, de s'inscrire au club de paddle de Brest.

Elle sait d'expérience que la légèreté est un état provisoire, un genre de cadeau sans motif, mais avec un peu d'entraînement, un peu d'attention, on peut, sinon le prolonger, au moins augmenter sa fréquence et son intensité. Elle a appris à jouir de peu.

Son sac à main est suspendu au crochet du caddy. Elle n'est pas pressée. Dans l'entrée du supermarché, elle jette un œil au *Télégramme* qui trône au-dessus de la pile dans son présentoir. Elle continue de l'acheter par fidélité. Ses fils ont entre vingt et vingt-huit ans, ils ne lisent pas la presse quotidienne. On voit sur la photo de couverture le visage des artistes populaires que les organisateurs des Vieilles Charrues ont réussi à programmer cet été. Claire n'a jamais mis les pieds à ce festival, bien qu'elle vive tout près. Peut-être devrait-elle l'inclure dans une liste de choses à faire ? Elle a suivi des études à Rennes, a vu l'éclosion des Transmusicales (dix francs vous ouvraient les portes de la salle de la Cité), a fredonné les chansons d'Etienne Daho tout en disant préférer Marquis de Sade.

Pour l'amour d'un garçon, grand mince, toujours vêtu d'une chemise noire, qui prenait la pose, elle avait été à deux doigts d'imprimer dans sa chair le nom du groupe dont il était le bassiste. Comme l'amour vous brouille les neurones ! Elle l'avait revu par hasard quelques années après. Elle commençait une jolie petite carrière dans une agence de publicité à Paris, il était cryogénisé dans son look post-punk, au bar le Sympatic, rue Saint Michel, en essayant d'épater une étudiante aux lunettes rondes, sans doute bernée par son allure de poète maudit. Pour lui, elle avait failli laisser tomber la fac en vue d'une tournée européenne qui s'était résumée, au bout du compte, à une poignée de concerts en Bretagne. Son climax : une prestation en deuxième partie des Nus dans la salle communale de Loudéac. Pour lui, elle avait fait mine d'adorer la musique industrielle belge et réalisé sa première fellation. Il aimait garder sa chemise noire, fermée jusqu'au cou, même quand il faisait l'amour. Elle avait crié et pleuré, et s'était pliée dans son lit en se tenant le ventre, après avoir trouvé, punaisé au mur de son studio rue Saint-Malo, un mot de rupture, à l'écriture sauvage, avec trois fautes d'orthographe. La singularité de l'artiste, son âme écorchée, tout était artificiel, copie d'originaux et, l'apercevant dans le bar, ce jour-là, elle avait eu envie de rire. Elle avait dénoué le souvenir romantique pour la vérité : c'était un pauvre type. Objectivement.

Claire a cinquante-quatre ans. À cinquante-quatre ans, la question de savoir avec qui elle ira aux Vieilles Charrues se pose dans toute sa cruelle simplicité. Elle peut jouer à Thelma et Louise avec des copines divorcées qui finissent les soirées dans les bras d'un sous-casanova, ou faire du tourisme adulte avec son mari Romuald ; elle peut aussi organiser une sortie avec ses fils et leur flopée de cousins. Voir ses neveux et nièces donne le sentiment à Claire d'avoir enfanté des génies.

Au rayon DVD – BlueRay, un présentoir en carton fait la promotion du dernier Star Wars à côté d'un écran qui joue en boucle la bande annonce. Lucien, son premier fils - elle en a trois -, avait découvert la saga à six ans. Contre l'avis de sa mère – elle l'estimait trop jeune – son père l'avait amené voir La Menace Fantôme. Il couvait une gastro et la crème glacée avalée trop vite avant la projection lui avait été fatale. Il avait vomi à l'apparition du Sith Dark Maul dont le visage peinturluré faisait penser au groupe Kiss. Cet épisode était inscrit, comme plein d'autres, dans la liste des anecdotes qu'on aimait répéter entre membres de la famille nucléaire. Elle prit le DVD.

À gauche de l'allée, sont amassés des produits d'épicerie et boissons en promotion ou vendus par lot. Elle dévie son caddy pour y jeter un œil. Elle se laisse tenter par une paire de sachets de tortillas reliés par un ruban adhésif rouge. Claire aime manger des petites cochonneries salées en regardant la TV.

Pour être sûre de ne rien oublier, elle circule dans le supermarché en commençant par le côté droit, complètement au bout. Elle traverse l'espace des jouets.

Tous les petits garçons de la planète ne rêvent pas d'arborer un costume de super-héros, certains montrent une inclination pour les diadèmes et les tissus roses pailletés, c'est comme ça. Un jour, Hugo avait sorti tout excité de son cartable une poupée Barbie. Une joie vite douchée par Claire qui avait demandé des explications en fronçant les sourcils. Elle avait condamné le troc – Hugo avait cédé sa Batmobile offerte à Noël contre cette poupée même pas neuve à qui il manquait une chaussure – puis elle avait exigé de son fils de six ans l'annulation du deal. Le lendemain, Hugo rassurait sa mère et lui-même (car il en était malade d'avoir commis cette terrible erreur), en jouant toute la soirée, aux yeux de tous et avec des bruitages de la bouche, sur le tapis du salon avec son véhicule de super-héros. Ce n'était pas l'échange en soit qui posait problème, mais d'avoir jeté son dévolu sur un jouet de fille. La culpabilité maternelle avait gonflé dans l'ombre. Claire était hantée par une image, celle du visage rond et lisse d'Hugo qui se décomposait, passant de la joie à l'étonnement, de la stupeur à la peur, de la peur à la honte. Un flip-book à usage des parents grignotés de remords. À cause d'elle, cette tristesse. À cause d'elle, la honte. À cause d'elle, la souffrance du petit garçon qui se contorsionne pour entrer dans le standard de son sexe. La suite de l'histoire l'avait amenée à reconsidérer l'événement de la poupée avec beaucoup d'attention. Elle avait été aveugle aux premiers signes, celui-là et d'autres, tout au long de son enfance… Sa légèreté ! Alors, pour rattraper ses erreurs, elle s'était muée en avocat, bouclier, tonnerre et missile de la cause gay.

Bien plus tard, son père avait surpris Hugo,

enlacé dans les bras du gardien de but du club de foot. Ce fut le déclic, tout prenait sens. Romuald s'accrochait à l'espoir d'un geste fraternel, non significatif, mais sous la rafale de questions très orientées de Claire, il avait bien été obligé de reconnaître une « forme de tendresse » dans la posture des deux garçons. Ensuite, il avait admis du bout des lèvres la possibilité d'une parenthèse dans la trajectoire hétérosexuelle de son fils, mais sa femme avait lentement et avec conviction démonté tout espoir d'un « retour à la normale ». Elle était fière d'Hugo qui avait le courage d'assumer sa préférence. Elle voulait éradiquer la pensée homophobe à son premier stade, celle de vibration mentale inconsciente, et s'enflammait pour un oui, pour un non. Claire avait exigé de sa famille de laisser le temps à son fils de l'annoncer de lui-même, mais elle ignorait le délai avant le coming-out, et ce fut une longue période, deux ans, durant laquelle tout le monde marcha sur des œufs, sauf Hugo.

Claire reste un long moment devant les figurines et, cédant à une impulsion qui tient à la fois de la blague et de la réparation, elle choisit la princesse Rebelle, à cause de son regard franc, de ses longues boucles rousses.

Elle commence à éprouver une gêne, mais sans pouvoir en déterminer l'origine. Elle s'arrête, observe autour d'elle les ustensiles de cuisine, elle est seule… Et soudain, elle comprend : pas de musique ! Le supermarché ne peut pas exister sans musique, sans quoi le charme superficiel du magasin s'estompe.

Elle complète le caddy avec deux boules de pains tranchées, un paquet de biscottes (elles servaient en dépannage, plus personne ne mangeait de biscottes par plaisir), deux sachets de pain de mie sans croûte à la farine complète, une brioche vendéenne. Elle se laisse tenter par des galettes car elle connaît l'artisan qui les prépare. Elle bifurque entre les crèmes hydratantes et les savons douches, se ravitaille en shampoing, continue jusqu'au rayon produits de santé. Pourquoi autant de dentifrices ? Elle ricane intérieurement de toutes ces promesses abusives de restaurer la blancheur, réparer les gencives, consolider l'émail et vous donner, pendant douze heures, l'haleine d'une fée qui se nourrit de baies sauvages et d'eau de source. Alors elle achète le plus simple, sans nom latin dans les ingrédients, ni formules scientifiques avec des Y et des X.

Elle hésite à acheter un bain de bouche de couleur bleue. Quand elle s'était réveillée la première fois dans le lit d'un autre homme, l'odeur avait été un dilemme. Elle avait eu peur de son haleine. Profitant d'un aller-retour aux toilettes, elle avait avalé, dans la cuisine, un grand verre d'eau.

Il s'appelait Christophe, il avait quarante-trois ans, deux de plus qu'elle, il était employé du conseil départemental et elle avait fait sa connaissance lors du salon de tourisme de Quimper. Utilisant un prétexte vaguement professionnel, ils avaient échangé leurs adresses mail et entamé une correspondance. Ils en étaient arrivés à se faire des confidences, puis des compliments, sans jamais avoir, en face à face, la même audace. Ce décalage entre le virtuel et l'encombrante présence des corps était voué à durer jusqu'à la fin des temps, mais une tempête les avait piégés un jour qu'ils étaient tous les deux dans le train Paris-Brest : un arbre sur la voie. Ils avaient passé de longues heures au wagon bar et ils étaient si fatigués, si excités, qu'ils avaient conclu à l'intervention d'une force supérieure, un genre de cupidon à moustache capable à lui seul de bloquer un train. La SNCF avait fini par proposer une navette pour rejoindre Rennes, à une heure de distance, ou Brest, au prix d'une traversée nocturne de la Bretagne en car. Lui préférait prendre une chambre d'hôtel à Rennes qu'il tenterait de se faire rembourser par son employeur. Et dans la même phrase, sans prendre le temps ni de respirer ni de la regarder, il avait dit « je t'invite ».

Claire et Christophe avaient été amants pendant treize mois. Et sa vie avait failli basculer quand elle avait dû faire un choix, car elle avait eu beau résister à l'amour, il avait fini par s'épanouir dans l'interstice des rendez-vous clandestins.

Son caddy alourdi d'un bidon de lessive liquide, Claire progresse jusqu'aux fruits et légumes. Mais elle n'achète rien, constate avec dégoût que la plupart sont bien avancés, leur peau est flétrie, certains sont noirs, pourris, tachetés, les tomates molles et éventrées, plus loin c'est encore pire : les raisins sont recouverts d'une pellicule de moisi. Comment est-ce possible ! Et les haut-parleurs toujours muets, elle en vient à regretter les spots débiles qui accompagnent le client dans ses pérégrinations. Elle cherche un vendeur pour se plaindre de l'état déplorable des fruits et légumes, mais il n'y a personne. Le confort du supermarché vide commence à lui peser. Claire se sent seule.

Elle va chercher du réconfort au rayon des vins, mais plus elle avance au bout du bâtiment et plus la lumière baisse. Son caddy pèse une tonne. Elle fatigue. Arrivée sur place, elle ne distingue même plus les étiquettes sur les bouteilles. Et il fait froid. Elle se retourne, toutes les travées sont plongées dans le noir, ne demeurent que des formes lourdes comme des pierres. Et dans le silence ne perce que le bruit des roues du chariot qu'elle dirige maintenant d'un pas pressé vers les caisses. Il y a un écho. On dirait une grotte.

Au milieu d'une rangée de caisses fermées, un seul tube de lumière signale un passage, et elle s'empresse de déposer les affaires sur le tapis roulant. Tout à l'heure, Claire a jeté un dernier regard dans son dos, mais ce qu'elle a vu était trop effrayant. On ne distingue plus le fond du magasin, il se noie dans les ténèbres. Claire a les mains qui tremblent et au moment de poser les briques de lait emballées dans un film plastique, elles se dérobent. Elle doit respirer, elle lâche un petit rire, s'y reprend à deux fois, elle se sent vidée. Autour le silence veut l'avaler. Il faut qu'elle sorte ! Sa terreur l'empêche de regarder la caissière. D'ailleurs, il semblerait que ce soit un homme. Pas tout jeune. Ou malade. Ses mains sont arides, longs doigts, ongles mal coupés, elle a envie de vomir quand les griffes empoignent le sac de riz. Elle détourne encore le regard, ne sait plus où le poser, son thorax durcit, elle souffle. Le manque d'air lui fait tourner la tête.

La main qui fait passer les produits sur le scanner ressemble aux excroissances d'une chose plus tout à fait humaine, un truc bricolé par des généticiens, mais raté, manifestement raté, sauf si l'objectif est de foutre les jetons aux clients. Supermarché horrible ! Caissier dégoûtant ! Elle a envie de crier. La main va bientôt arriver à la figurine de Rebelle, le cadeau clin d'œil pour son fils Hugo. Elle n'a pas du tout envie qu'elle se pose sur la princesse, même si celle-ci est protégée sous un blister. Plus qu'une boîte de petits pois, une bouteille d'huile d'olive, un paquet de mouchoirs en papier et une ampoule la séparent de la princesse. Claire suffoque. Ça y est. La main s'élève, grande, asséchée, une main sans vie, elle tombe sur la boîte de la princesse, la boîte qui fait songer à un cercueil transparent et Claire tressaute, comme si les doigts aux ongles épais et jaunes venaient d'empoigner son propre cœur. Elle écarquille les yeux et croit voir, mais c'est une illusion, elle croit voir le visage en plastique exprimer l'horreur et le sourire fondre et les yeux pleurer. Rebelle ! Pourtant tu es Rebelle ! Une jeune femme qui n'a peur de rien !

Claire remplit ses sacs à toute vitesse, sans jamais regarder le type derrière la caisse, ses mains sont si effrayantes, elle envisage une figure encore pire. Elle sent peser sur elle son regard, une onde sans chaleur, d'où émanent l'ennui et une forme d'indifférence. Claire se promet de ne jamais remettre les pieds ici. Le caddy est plein. Plein de souvenirs. Elle l'oriente vers la sortie, mais elle se rend compte qu'il n'y rien d'autre qu'un long couloir s'enfonçant dans le noir. Pas de sortie à travers des portes automatiques qui ouvrent sur le parking. À cette heure, l'esplanade de bitume est chauffée par le soleil qui a triomphé de la brume. On doit être bien dehors. Mais pour elle, pas de voitures, de clients, d'odeur d'essence et de sacs en plastique dont les poignées s'étirent quand on les a trop remplis. Juste une grotte froide en face d'elle.

Claire pousse un petit cri et se retourne, gorgée de colère, cette fois c'est trop, elle affronte l'employé, elle revient vers lui, pose les mains sur les rebords de sa caisse et lui dit :

— Ce n'est pas possible ! Comment on sort ?

Elle se doutait que le visage n'était pas agréable. Elle ne s'attendait pas à ça. Il n'y en a pas. Une ombre floue dans laquelle on distingue des orifices. Claire ferme les yeux, sanglote, impossible de puiser dans sa colère. Elle s'est évaporée. Claire supplie la créature.

— S'il vous plaît, dites-moi comment rejoindre ma vie… ?

Le caissier n'a pas de visage, mais curieusement sa voix est limpide, son élocution parfaite, même si elle traîne un peu. Autoritaire et fatiguée, elle lui dit de continuer son chemin. Claire frisonne. Ses poumons s'effritent comme après un festin de nicotine. Elle n'a pas envie de s'enfoncer dans les ténèbres. Il fait froid, on est seul, il n'y a pas les gens qu'elle aime. Elle pense à Rebelle et tente de négocier une issue de secours, tout en promettant de revenir bientôt, elle a une carte de fidélité, elle reviendra, c'est promis. Le caissier lui dit :

— Vous ralentissez tout le monde.

Et il tend le bras en direction du magasin, où une interminable file de clients patiente, une longue traînée d'humains qui se perd dans les rayons, avec les caddies plus ou moins pleins, et la même expression inquiète qu'elle avait tout à l'heure, avant de comprendre exactement le genre de transaction qui s'opère dans cet endroit. Elle laisse sa bouche ouverte et cligne des yeux. Etrangement, l'air glacial ne fait sortir d'entre ses lèvres aucun nuage de vapeur. Elle ne sent plus de douleur. Claire baisse la tête. Elle ne peut pas se battre. Il n'y a pas d'ennemis. Il n'y a rien. Elle chavire la tête en arrière, elle veut crier, mais déjà sa voix est partie. Elle pense *non, non, non*, elle songe *pas maintenant*, avant de glisser un pas de côté, puis un autre. Et elle pousse son caddy vers le tunnel, comme tout le monde.

Soirée costumée

L'homme à la faucille dévalait l'escalier en pierre, l'écho des sabots claquait dans la rue en contrebas ; arrivé aux dernières marches, il ralentit, prudent comme un vieux chat de gouttière ; il s'arrêta pour vérifier la rue à gauche à droite, sa tête dissimulée sous une grande capuche. Il crut voir une ombre se jeter dans un renfoncement, juste à côté, dans la ruelle, vers une petite place où étaient garées quelques voitures. Ses prunelles, chandelles blanches au fond de trous noirs, scrutaient la nuit. Il finit par s'engager sous la porte en ogive du rempart mais un cri arrêta son mouvement.

— Hey ! On t'a vu !

Il abaissa la tête et ses phalanges se crispèrent sur le manche de la faux qu'il avait en partie dissimulée sous les pans de son manteau. Il songea au travail qui l'attendait : un père divorcé, debout sur les quais, admirant la lune dans l'écoulement sombre de la Rance. Il fit un pas de plus, lentement avalé dans l'obscurité du passage en pierres. Mais la ruelle du Petit Fort où débouchait la galerie était éclairée, elle aussi, et sa silhouette se découpait en ombre chinoise. Nulle part où disparaître.

— You-hou ! Dead Man, fais-pas le timide !

L'électricité avait donné à l'homme moderne une si grande arrogance ! La Mort se remémorait l'époque pas si lointaine où elle vadrouillait dans la ville, écoutant, avec un sourire édenté, le sanglot des ivrognes espérant lui échapper, après avoir trouvé refuge sous un porche, recroquevillés dans une odeur d'urine, balbutiant leur dernier Notre Père. C'était avant. Et avant – de toute évidence – c'était mieux.

— Oh ! J'te parle Dead Man ! On est fan de toi, mon pote.

Etrange apparition : ce qu'il avait pris au départ pour une grosse femme vulgaire était en vérité un homme portant une robe, qui émergea sous le halo du lampadaire. Du bout des doigts, il brandissait au-dessus de la tête un smartphone dont l'écran brillait comme un miroir magique. À ses côtés, un homme du même âge, plus petit, hochait la tête.

— Un selfie, juste un selfie !

L'homme-femme faillit perdre l'équilibre sur les pavés, se rattrapa de justesse en s'accrochant à l'épaule de son copain, puis il éclata de rire.

— Tu sais comment on t'appelle à Dinan : Dead Man ! Dead Man, répéta-t-il en singeant la voix off d'un film d'horreur. Non, mais, attention, on te respecte, on ne dit pas ça pour se foutre de ta gueule… ton costume, c'est la classe, mon pote.

Il se tenait au milieu de la rue en pente, jambes écartées. Son acolyte semblait accablé de fatigue, mais vigilant. Ils étaient persuadés d'avoir touché le gros lot. Car le duo alcoolisé se croyait en présence d'un farceur qui s'amusait à faire peur aux noctambules. Un genre de héros qui faisait le buzz et dont l'existence n'avait jamais été prouvée. C'était leur nuit magique, pensaient-ils, une photo avec ce dingue et ils allaient collecter une pluie de *likes* sur les réseaux sociaux. Pendant qu'ils parlementaient avec la Mort pour obtenir un selfie, celle-ci se demandait que faire de ces deux témoins gênants qui n'étaient pas dans son programme de la soirée : les ignorer ou les emporter avec elle ?

Quelques heures plus tôt, Kevin Cloarec, le bas ventre enfoncé dans l'angle d'une longue table, se goinfrait de petits fours qu'il arrosait avec du vin, prenant des photos souvenir du buffet, qu'il postait sur sa page Facebook, après avoir pris soin d'essuyer discrètement ses doigts dans les plis de la nappe. En cette fin de matinée de juillet, flottait dans l'air un mélange de déodorant, d'encaustique et de sueur ; la salle de réception de la mairie était pleine à craquer et il devait se désarticuler le bras pour prélever un misérable quota de la bouteille de vin, sous le regard méprisant d'un serveur.

Le directrice de communication de la mairie se félicitait du record d'affluence, tout en surveillant le ravitaillement des buffets et des manges-debout qui se vidaient en un clin d'œil. À travers les hautes fenêtres entrouvertes jaillissaient le soleil et les notes perçantes, rythmées au tambourin, d'un groupe de musiciens en longues vestes bicolores. Kevin était invité à la mairie de Dinan pour inaugurer la fête médiévale. Il faisait partie de cette poignée de bénévoles distingués pour avoir travaillé d'arrache-pied pendant les jours précédents. La Fête des Remparts constituait un temps fort du calendrier touristique où, l'espace d'un week-end, on voyait affluer les curieux des quatre coins de la France, et des étrangers, qui écumaient la ville en se gavant de nourriture médiévale pour embrasser, en quelques heures, « mille ans d'histoire ».

Sur le perron de l'hôtel de ville, Kevin, pris d'un léger vertige, mit la main en visière pour se protéger de la lumière et cligna des yeux. La chanteuse du groupe portait une longue tunique serrée à la taille, elle ne chantait plus depuis la veille car ses cordes vocales étaient éreintées, elle se contentait de quelques pas de danse en chaloupant des hanches et en agitant des grelots.

Ayant bossé comme un âne à l'installation des stands du marché médiéval, il pouvait maintenant profiter de la fête. Se promener, picorer, photographier. Il avait les articulations des mains endolories à force de bricolage… Il fit craquer ses jointures et, comme il se sentait mieux, il prit d'un pas vif la rue qui menait à la place du Champ Clos où était dressé *son* marché. Il admira le résultat et les travées noires de monde. Un gamin hurlant tirait le bras de son père en direction d'un étal couvert de sabres en plastique ; des anglais, qui faisaient mine d'ignorer les cris, prenaient en photo un type transpirant dans un manteau style viking 100 % laine naturelle doublé de lin. Un troubadour intermittent du spectacle s'interposa et proposa de prendre la pose avec eux en faisant le clown, mais ils déclinèrent poliment, ce qui déplut au comédien. L'odeur des saucisses grillées se répandait dans la ville. Le bar à bières, qui vantait sa méthode de fermentation traditionnelle, ne désemplissait pas. Kevin repéra plusieurs visages connus - rougis par le soleil, un sourire béat entre chaque gorgée. L'attraction du moment était un chevalier barbu. Il ne quittait pas son personnage, même lors de la pause, adoptant une posture virile. Son bouclier de croisé était posé au sol, le heaume trônait sur le bar au milieu des chopes ; il fronçait les sourcils d'un air grave pour susciter l'intérêt d'un public qui n'hésitait pas à toucher sa cotte de maille, ou à soupeser l'énorme épée à sa ceinture, en poussant des petits cris. Kevin le connaissait bien, il travaillait comme chef de rayon fruits et légumes au Super U de Lanvallay.

Kevin croisa par hasard le chemin d'un copain d'enfance rayonnant de joie après avoir acquis une dague qu'il sortit de son fourreau, en faisant un chuintement, comme dans les films de kung-fu. Il s'essuya le bout du nez où perlait une gouttelette.

— La classe... commenta Kevin en demandant à pouvoir manier l'objet.

Il serra le manche paré de lanières en cuir et glissa la lame dans la paume de sa main, fit mine de se trancher la peau, ressentit un frisson de plaisir et se mit à rire, tout excité.

— Elle coupe comme une lame de rasoir ! affirma le type en reniflant, avant de lui faire une démonstration en tranchant un bout de pomme qu'il jeta par-dessus son épaule.

— Tu l'as trouvée où ?

Il désigna un stand tout au fond.

— Ils ont aussi des crânes, des statuettes de dragon, des casques à cornes et des bagues de motard.

— Et des badges ?

— Ouais. Des badges. Et la vendeuse, une bombe ! Elle porte une robe de guerrière avec des lacets sur le côté. Elle... Pffffff, fit-il en matérialisant des mains l'épanouissement du corsage.

Kevin modifia son circuit initial pour aller voir le spécimen. Alors qu'il s'éloignait, son ami le héla :

— On se retrouve à L'Absinthe ? Apéro ?

— Carrément ! Bob y sera ? l'interrogea

Kevin, tout en continuant de progresser en marche arrière.

— Il sera là. Sa tenue n'a pas été validée, mais il a réussi à entrer malgré tout... quel bouffon !

Les participants costumés étaient exonérés de droits d'entrée, mais il fallait pour cela se faire contrôler à un passage en haut de la rue de Thiers afin d'éviter les déguisements ridicules ; on voulait aussi, très officiellement, éradiquer l'invasion des participants en mode *fantasy* qui donnaient à la manifestation un air de carnaval pour drogués. Kevin déplora cette nouvelle tentative ratée de son ami Bob. Deux ans plus tôt, il n'avait pas réussi à convaincre, grimé en moine lépreux, et il s'en était pris physiquement au vieux monsieur qui lui avait dit non.

Il monta les trois marches qui menaient à la place Duguesclin, passa sous la statue équestre, suivit la rangée de stands pendant une vingtaine de mètres jusqu'à celui de la guerrière ; il était paré d'oriflammes et débordait d'accessoires. Mais à la place de la fille sexy se tenait un vieux bonhomme. Ses tendons saillaient sous une peau de lézard albinos, sa tête et ses mains, affectées d'un tremblement, s'agitaient en permanence et, en dépit d'un sourire, le ton de sa voix n'était pas du tout engageant. Kevin passa plusieurs minutes à admirer les chevaliers, les dragons et les gargouilles ; il se confronta une seule fois au regard du vieux qui roulait derrière les foyers grossissants de ses lunettes, mais pas longtemps. Alors il se sentit obligé de débourser quelques euros. Il opta pour la figurine la plus petite, un chat noir, dont la présence au milieu des animaux fantastiques pouvait surprendre. Même en récupérant la monnaie, il n'osa pas regarder le vendeur dans les yeux.

Kevin s'acheta ensuite une crêpe au chocolat, servie roulée dans une feuille de papier trop petite. Arrivé dans le quartier de Saint-Sauveur, il amorça la descente et à l'intersection qui menait soit à la Douve du Jerzual soit aux Grands-Fossés, il se laissa entraîner dans le sillage d'un paysan avec des dreadlocks rousses, fourche sur l'épaule, qui bavardait au téléphone. C'était bon de se laisser porter par le hasard. Arrivé sous les fortifications, il joua des coudes pour assister au travail d'un artisan qui découpait du verre au fer rouge. Il passa ensuite un long moment à observer les enfants ; il y avait ceux qui fonçaient droit sur les animaux de la ferme médiévale pour les caresser et ceux qui les admiraient de loin, tiraillés entre le désir de les approcher et la peur de se faire attaquer par un lapin sournois ou une chèvre sadique. Une bergère, animatrice socio-culturelle dans la vraie vie, sermonna l'un des gamins - catégorie intrépide - qui jetait des poignées de cailloux sur les cochons.

Il continua sa promenade, assista à des joutes à cheval, admira les toits de Dinan depuis les remparts, croisa un cousin et une ex-copine, retrouva le paysan aux dreadlocks en compagnie de trois comparses en sueur qui labouraient une parcelle de terre. Puis il resta longtemps assis dans un campement, devant un chaudron suspendu à un portique en bois, tandis qu'un type tisonnait le foyer dessous. Comme l'odeur était indéfinissable, Kevin voulait voir ce qui allait en sortir. Mais l'opération s'éternisa et le cuistot donnait l'air de ne rien attendre, peut-être n'y avait-il en réalité rien de comestible qui mijotait.

Quand il arriva à l'extrémité de la place Saint-Sauveur, à l'heure de l'apéro, il entendit d'abord sa voix, encouragée par les rires d'une assistance chauffée à blanc... Les clameurs avaient donné à Kevin un avant-goût de la soirée : quand Bob se donnait en spectacle, on ne pouvait pas s'aventurer à faire un pronostic ;

sous son crâne, les éléments se combinaient de façon aléatoire pour souffler la tempête ou installer l'équivalent d'une mer d'huile psychique. Quand survenait la mer d'huile, tout allait bien : il se retranchait dans un coin éloigné de toute source lumineuse. Mais si la tempête prenait le dessus, invariablement, le show sombrait dans le ridicule et les risques de bagarre étaient multipliés par dix. En venir aux mains pour « restaurer son honneur » faisait partie des mauvaises habitudes de Bob.

Il portait ce soir-là une robe rouge moulante (25 euros chez Kiabi). Quand elles n'étaient pas agrippées à la ceinture, dans une posture de cowboy, les grosses mains de Bob relevaient les manches, qui retombaient l'instant d'après, ou elles grattaient nerveusement son crâne parsemé de rares cheveux dressés sous un bandeau couleur or (inclus dans le prix de la robe). Un attroupement de curieux, incluant des enfants, se régalait du spectacle en se chuchotant des commentaires à l'oreille.

Kevin poussa Bob à l'intérieur ; ils s'installèrent à table avec deux autres qui se goinfraient de cacahuètes en buvant des pintes de bières ; l'un d'eux fredonnait le refrain d'une chanson de Johnny Hallyday qui parlait d'amour charnel, l'autre émiettait son sous-bock avec les ongles.

— J'ai fini par entrer gratuitement... soupira Bob avec une grimace de dégoût.

— Comme il y a deux ans, répondit Kevin.

— Ils m'ont dit des trucs méchants, comme quoi j'étais un travesti.

— Et puis quoi encore ! S'emporta le fan de Johnny. T'es la plus belle des princesses...

— Ils m'ont expliqué la différence entre le déguisement et le costume. J'étais à deux doigts de leur foutre mon poing sur la gueule.

— Ceux qui te reprochent ton manque de souplesse en auraient fait un argument, souligna l'un des copains.

— Exactement ! fit Bob, l'index en l'air. Exactement... Je ne suis pas tombé dans le piège.

Kevin demanda une bière de Noël. Le patron en avait commandée en trop grosse quantité en décembre et il voulait écouler son stock. En aidant à vider les fûts, Kevin espérait décrocher un sourire de la serveuse, il lui arrivait même de ramasser les miettes de cacahuètes avant de partir.

— Qui sont-ils pour décréter que la Fête des Remparts peut exister sans moi ?

Si on accordait crédit à la suite, la discussion s'était envenimée quand l'un des bénévoles en charge de l'attribution des places gratuites avait fini par comparer Bob à une drag-queen. Bob avait sauté sur l'occasion, invoquant, dans une longue tirade, le malaise de la communauté LGBT quand elle aurait vent de ces commentaires ouvertement homophobes (il avait dit la communauté LBBG, mais peu importe, c'était l'idée). Les copains saluèrent l'intelligence relationnelle de Bob, car les organisateurs avaient fini par lui accorder son entrée gratuite.

Une faune d'animateurs, séducteurs, philosophes, sociologues, politologues et sélectionneurs de l'équipe de France de foot avait envahi le commerce. Kevin et Bob s'étaient greffés dans un groupe qui occupait toute la longueur du bar. Tout le monde avait son mot à dire. Sur tout. Là, on discutait de Dead Man, une rumeur apparue deux ans plus tôt : un type s'amusant à effrayer les personnes seules. Une bonne dizaine de témoignages avait afflué sur les réseaux sociaux, mais pas une seule photo convaincante, seulement des trucs flous, genre monstre du Loch Ness.

— C'est une légende urbaine, martelait une brune à la voix fluette.

— Il existe ! avait répondu Bob. Je le connais…

Mais je n'ai pas le droit de dévoiler son identité.

— Tu ne le connais pas, ricana-t-elle.

— Comment est-il déguisé ? demanda un autre.

Bob, irrité par cette confusion entre déguisement et costume, lui demanda de bien vouloir quitter le bar sur le champ.

— Dead Man est la création d'une agence de marketing viral, affirma la fille.

Plus tard, alerté par la serveuse, Kevin intervint juste à temps pour dissuader Bob de faire une démonstration en plein air de comment pisser debout avec une robe. Sa tenue portait les traces d'une bousculade avec un verre, des auréoles maculaient ses manches et elle était décousue à la taille. Le bas était taché par un liquide dont l'origine donnait lieu à spéculations. Des filles avaient remarqué la ligne du slip de Bob, à travers le textile, et elles ricanaient dans son dos. Pour démontrer qu'il était bien la copie conforme d'une princesse du moyen-âge, Bob obligeait les sceptiques à regarder la photo d'origine sur le site web marchand de Kiabi.

— Ah ouais… reconnut un grand maigre qui zoomait sur la photo du mannequin.

À la fermeture, la foule se disloqua. Kevin et Bob marchaient côte à côte en titubant. Ils s'arrêtèrent devant la vitrine d'un photographe et se moquèrent des mariés de plus de trente ans qui prenaient des poses sur la plage. Des menaces furent proférées derrière des volets clos, ils levèrent la tête sans réussir à trouver l'origine des cris, répondirent à leur façon en entonnant une chanson paillarde d'Elmer Food Beat. Puis ils s'éloignèrent. Un type dormait sur un banc en costume de troubadour. Des lycéennes rigolardes prirent des photos en s'installant autour de lui, il ne se réveilla même pas.

— J'en ai marre. On rentre... soupira Kevin.

— Ouais, acquiesça Bob, on prend ma voiture. Suis-moi !

Il faillit s'écrouler en tapant du pied dans le rebord du trottoir, avant de se rattraper et d'effectuer des pas chassés, les deux mains liées au-dessus de la tête, comme une danseuse.

Au milieu de la rue du Jerzual, Dead Man surgit d'un escalier. Les deux copains s'étaient précipités à l'angle d'une maison pour se cacher. Dead Man était du genre timide. Il avait le goût du secret. Et en les apercevant, il aurait pu s'enfuir. Les comparses, dissimulés derrière le mur, observèrent la grande silhouette drapée de noir… Elle était effrayante.

— La vache, chuchota Kevin, tu as vu, hein, regarde, les yeux de Dead Man brillent dans le noir !

— Ne te laisse pas abuser par les trucs d'un magicien de rue.

Bob interpella Dead Man alors qu'il s'apprêtait à fuir en direction des quais de la Rance. Il tenta de l'amadouer en le flattant pour le réalisme de son costume et son équipement fluorescent dans les yeux. L'autre ne répondit rien. Le contour de son épaule anguleuse entra dans la lumière, puis ce fut tout le corps, qui semblait composé de bouts de bois ou de ferraille enveloppés d'un manteau épais. La seule preuve de son humanité dépassait sous le manteau, en bas, un pantalon noué aux chevilles par des lanières de tissu et une paire de sabots. Son visage était invisible sous les bords d'un large feutre.

— Bizarre, tout de même, cette lumière… répéta Kevin.

Ils avaient réduit la distance avec Dead Man qui s'éloignait à reculons.

— Quoi, ma gueule ? Qu'est-ce qu'elle a ma gueule ? gloussa Bob.

— Dead man, juste une photo, s'il vous plaît… dit à son tour Kevin.

C'est alors que la silhouette noire fit entendre sa voix.

— Vous faites erreur, je ne suis pas Dead Man : on m'appelle le fossoyeur.

La voix était extraordinaire. Une rivière d'insectes qui coulait dans l'oreille. Elle était entrée, et il était trop tard, elle semblait maintenant provenir directement de l'intérieur du crâne, dans l'espace réservé aux secrets. Elle se répétait en boucle comme le vieil enregistrement d'une incantation sur un disque rayé, chuchotée, impérieuse, neutralisant toute pensée. Puis, la voix devint douleur, un pétillement de mille morsures électriques, qui se répandaient des cheveux aux orteils.

La Mort reprit son chemin. Kevin crispait si fort la mâchoire que ses dents émirent un grincement et l'une d'elles se fissura. Ils restèrent comme ça un long moment, espérant un malaise ou la mort, la fin du tourment. Mais rien n'arrivait, aucun épilogue. Ils étaient pareils à des animaux égorgés qui n'arrivent pas à mourir, en suspension dans un tourbillon de douleur. Bob décida de se jeter contre un mur et il se frappa la tête. Son corps se plia en arrière ; il s'écroula et se tourna, le visage écrasé sur les pavés. Il gémit. Il n'avait pas réussi à perdre connaissance. Il sortit la langue contre la pierre froide en murmurant des pardons. Il ne s'évanouissait pas. La voix le maintenait à la limite de la conscience et la douleur irradiait jusqu'au ciel.

Kevin cherchait une échappatoire lui aussi, il vit entre ses larmes un garage fermé d'une porte en bois ; son instinct, le dernier fil de son humanité encore intact, lui ordonna de foncer droit dessus. Il la heurta de l'épaule avec violence, l'os craqua, le verrou également ; Kevin roula à l'intérieur de la pièce, ses genoux rencontrèrent un scooter. Prises de tremblement, ses jambes se déplièrent en faisant tomber le véhicule. Kevin se redressa, toujours en râlant, de la bave commençait à couler de sa bouche.

Vous faites erreur, je ne suis pas Dead Man : on m'appelle le fossoyeur. Vous faites erreur, je ne suis pas Dead Man : on m'appelle le fossoyeur. Vous faites erreur, je ne suis pas Dead Man : on m'appelle le fossoyeur. Vous faites erreur, je ne suis pas Dead Man : on m'appelle le fossoyeur. Vous faites erreur, je ne suis pas Dead Man : on m'appelle le fossoyeur. Vous faites erreur, je ne suis pas Dead Man : on m'appelle le fossoyeur. Vous faites erreur, je ne suis pas Dead Man : on m'appelle le fossoyeur. Vous faites erreur, je ne suis pas Dead Man : on m'appelle le fossoyeur. Vous faites erreur, je ne suis pas Dead Man : on m'appelle le fossoyeur. Vous faites erreur, je ne suis pas Dead Man : on m'appelle le fossoyeur...

Dehors, il entendait Bob pousser des cris qui ressemblaient à ceux d'un bébé torturé. Kevin scruta les étagères, tout un tas de caisses remisées là depuis des siècles ; il balança les bras, fit tomber des vieux rouleaux de tapisserie, un ballon crevé, des clous, ... Il avisa une boîte à outils en plastique, souleva le couvercle et la renversa. Urgence absolue. Ses mains à tâtons cherchaient un remède... Un choc... Il agissait comme un fou et avança les doigts vers la lame épaisse d'un ciseau à bois. Pas assez affûté. Il trouva un poinçon qu'il s'enfonça dans le bras. Une sensation de piqure lointaine, minable tressautement comparé à l'autre douleur. Sa main droite finit par serrer la poignée d'un marteau qu'il utilisa pour écraser sa main gauche.

Les doigts broyés pendaient, il les regarda comme un corps étranger. La douleur était terrible mais incapable de rivaliser avec celle qui lui rongeait le cerveau. Il boîta jusqu'à la sortie, il avait l'allure des zombies dans les films de John Carpenter. Il repéra dans un coin une silhouette qui n'osait pas s'approcher et quelques fenêtres allumées. Mais ces gens-là ne pouvaient rien faire pour eux qui venaient de chavirer en enfer.

Bob l'appelait, on ne comprenait pas les mots avec sa langue gonflée. Kevin se laissa tomber sur lui et le serra dans ses bras. Lui demanda pardon. Bob voulut répondre, mais le message passait mal dans sa bouche enflée.

Leur Interruption de Travail Temporaire dura 45 jours, un « record » selon le médecin consulté, qui avait fait la part des choses entre les blessures et le traumatisme psychologique. Kevin ne retrouva jamais l'usage de sa main, Bob souffrait d'un léger bégaiement. Ils s'en sortaient bien. Ils ne livrèrent aucun détail, préférant laisser courir la rumeur d'un delirium tremens. Les années suivantes, ni l'un ni l'autre ne participa aux fêtes médiévales de Dinan. On raconte qu'ils ont développé une étrange phobie pour les déguisements.

Le Huitième passager

2h55

Il poussait une porte, puis une autre, se déplaçant avec légèreté dans l'appartement baigné de lumière ; il s'étonnait des hauts plafonds, des boiseries peintes de couleur pastel, il n'en revenait pas d'avoir si longtemps ignoré toutes ces pièces magnifiques. Puis, elle arriva dans son dos, accompagnée d'un enfant qu'il reconnut comme le sien, elle portait un pyjama blanc. Des flocons se collaient délicatement aux carreaux, l'enfant s'émerveilla de voir toute cette neige qui tourbillonnait dehors. Boris entraîna par la main sa femme et leur fils qui n'existaient que dans ce rêve. Ils traversèrent une enfilade de pièces, pour déboucher sur une terrasse où ils s'amusèrent à capturer les flocons sans les écraser. L'alarme le sortit brutalement du sommeil.

Elle s'était déclenchée à trois heures du matin UTC - l'heure de Londres - et bien qu'ayant fait l'expérience des dizaines de fois lors des entraînements terrestres, il éprouva un léger malaise ; il jugea sévèrement ce déficit de sang-froid. Son statut de capitaine du vol spatial international fixait des obligations implicites, plus fortes que des règles écrites noir sur blanc dans son contrat de travail. Il s'y référait à l'instinct, comme le leader d'une meute de chiens de traîneau. La peur réflexe, celle qui vous inflige un léger tremblement de la main, s'apparentait à une défaite.

Boris Listiev s'éjecta du lit, il consulta l'écran d'information incrusté dans le mur qui signalait un incident de niveau 7 sur une échelle allant jusqu'à 10. Il murmura « stop » pour faire cesser le signal sonore, étira les bras, se lissa la peau du visage et s'engagea dans le couloir cylindrique baigné d'une lumière orangée. Listiev fut bientôt rejoint par l'américain Douglas, comme lui soumis à ce réveil nocturne. Les cinq autres passagers dormaient, bercés par le ronronnement maternel des appareils électriques et de la climatisation. En quinze ans, Listiev avait été confronté une seule fois à un incident, une broutille de niveau 5. L'Américain lui, jamais, à en juger par le flot de jurons qu'il prodiguait entre ses bâillements.

— Tes commentaires sont désormais consignés dans la base... l'avertit le capitaine en indiquant l'un des capteurs dont la station était bardée.

Douglas avait oublié ce détail : toute situation de crise mettait en marche la totalité du circuit vidéo, avec une captation en très haute définition, image et son, partout, même dans les WC. Au regard étonné de l'Américain, Listiev enfonça le clou :

— Même les pets sournois de Babiski peuvent être analysés par les équipes au sol si jamais ça tourne mal.

La station était constituée de seize modules pressurisés, en forme de cylindre. Le générateur électrique du module huit, alimenté par les panneaux solaires, s'était brutalement arrêté. Cet incident existait en théorie, mais personne dans l'espace depuis des lustres n'avait jamais subi un désagrément aussi bête.

— Une panne électrique ? répéta Douglas.

— C'est ça... confirma Listiev, comme dans

une vulgaire baraque. On va aller voir sur place.

Douglas le suivit, tout en divaguant sur la présence d'un animal clandestin. Il était chercheur en chimie des matériaux, réputé pointu dans son domaine. Il avait failli décrocher le Nobel, disait-il. Ici, il travaillait à la fabrication d'un nouveau matériau composite pour une firme coréenne. L'entreprise avait obtenu la concession d'un laboratoire privé de 24 mètres carrés, un luxe dans une structure qui en comptait tout juste 300 de surface habitable, dont un tiers en impesanteur. Il travaillait six heures par jour dans sa grotte immaculée. Lui seul pouvait y accéder, elle était protégée par un équipement réputé inviolable qui, non seulement contrôlait l'identité de Douglas à l'entrée du sas, mais analysait seconde par seconde son comportement. Tout était passé au crible : précision des gestes, dilatation des pupilles, bâillement, rythme cardiaque et respiratoire, même le taux de transpiration… L'algorithme estimait son degré d'implication à partir des données collectées. Listiev était militaire, obéir constituait la base de son métier, mais il faisait une différence entre la loyauté - incluant le sacrifice - et la soumission, le délitement de tout orgueil qui convertit l'être humain en un tas de merde. Il n'aurait jamais accepté un job aux conditions aussi dégradantes, même si on avait déposé à ses pieds une tonne d'or.

Listiev avait rejoint l'armée très jeune, attiré par un mode de vie simplifié à l'extrême, dépouillé des codes sociaux difficiles à comprendre. Il avait très tôt attiré l'attention par son incroyable condition physique, une psychologie sans fantaisie et un QI de 138. Il composait avec le genre humain par nécessité, avare de mots, concentré ; il rechignait en général à se livrer. Mais de l'avis général, mieux valait confier sa vie à un taciturne qu'à un mégalomane dont le seul but était de recueillir l'admiration de son équipage. Durant son expérience militaire en Russie, il avait hérité du surnom d'Iceberg, qui consacrait à la fois sa force de caractère et sa manière de refroidir les tentatives de complicité.

Les cylindres composant la station étaient divisés dans le sens de la longueur par un plancher. Ils empruntèrent l'écoutille qui menait au niveau inférieur, continuèrent sans échanger un mot, en direction du module 8 situé à l'extrémité. On y entreposait le matériel médical, les outils, les scaphandres et un stock de nourriture lyophilisée. Listiev comptait machinalement les jonctions entre les plaques de métal du plancher. Douglas respirait fort. Il se dispensait trop souvent de séance de musculation, son manque d'exercice commençait à se voir, la combinaison se tendait à l'abdomen et provoquait les ricanements de son compatriote, Stan Connor, un astronaute de soixante-quinze ans sur qui la NASA étudiait jusqu'où, en mission spatiale, l'homme pouvait compenser la vieillesse cellulaire par la pratique du yoga et une alimentation veggie. Le règlement de la station imposait à l'équipage trois heures quotidiennes de sport, mais l'employeur coréen de Douglas avait négocié un contrat à part et n'avait pas jugé utile de soumettre leur génie au même régime sportif. Seul son cerveau et sa discrétion étaient sollicités.

Ils arrivèrent devant la porte, de forme ronde, le capitaine enclencha son ouverture en abaissant un levier, elle coulissa vers le plafond dans un bruissement doux, découvrant une longue pièce. Le soleil perçait à travers les trois hublots et se reflétait sur la paroi opposée. La panne électrique avait provoqué l'ouverture des volets. Listiev jaugea la silhouette des meubles, le contour du plateau de travail. Il essaya de ne pas se laisser distraire par le contraste entre les ombres et la lumière du dehors ; ce genre d'image évoquait la beauté d'une catastrophe, une station sans électricité, sans vie. Il ordonna la mise en route des ampoules leds de secours, dont la faible intensité ne parvenait pas à effacer l'éclat du soleil. Il tenta d'obtenir la fermeture des volets, sans succès. Listiev céda à la tentation de jeter un coup d'œil à travers l'une des ouvertures – un seul, un unique coup d'œil côté ombre – il admira la longue poutre bardée de panneaux solaires scintillants, à son extrémité un télescope, inactif, qui ressemblait à un doigt géant pointé en direction de la terre ; le soleil était dans l'axe de l'astronef ; sous cet éclairage direct, la terre était transfigurée, comme si elle brillait d'une flamme interne qui réchauffait les continents.

Listiev entra plus avant dans le module. Il était profond, mais pas très large, le plafond arrondi, avec une partie en creux à l'emplacement du port d'amarrage. Les compartiments de stockage de chaque côté réduisaient le volume de la pièce. On se sentait à l'étroit ici ; l'éclairage de secours était très insuffisant pour voir les détails. Il plissa les paupières. S'avança en inspectant du regard le plancher, les murs, le sol. Minutieux, ses yeux balayaient, cherchaient, contrôlaient. Dans son dos, Douglas adoptait un comportement désinvolte. Le capitaine aurait préféré ne pas être accompagné d'un civil pour déterminer l'origine de la panne, et se trouver tranquille dans ces quelques mètres cubes pressurisés. Il voulait résoudre l'énigme comme on se lance dans un casse-tête avec la certitude d'y arriver en un temps record. QI de 138.

— Là-bas ! s'écria Douglas

Listiev sursauta, regretta que les membres de son équipage, en particulier Douglas, s'autorisent si facilement à exprimer leur émotion ; il suivit la direction que montraient les yeux de l'Américain, vaguement humilié de n'avoir pas réussi à voir plus tôt l'anomalie. La colonne de la gaine technique contre le mur, un long rectangle d'une épaisseur de cinq centimètres environ, courait du sol au plafond ; à mi-chemin, on apercevait des irrégularités dans le coffre, comme des boursouflures. En s'approchant, il vit que la gaine avait été éventrée, le métal se hérissait sur les bords, pareil à des petites dents tordues. De l'entaille jaillissait une brassée de câbles sectionnés. Listiev fouilla dans un placard à côté pour se saisir d'une lampe torche. À ce stade, il s'interdisait de spéculer. Il tentait de bloquer son esprit sur le présent, pour collecter des informations, comme un robot, sans laisser interférer l'émotion. Il posa les doigts sur le métal déchiqueté, balaya l'entaille de sa torche. La griffure démarrait quelques centimètres avant le coffre, creusait la paroi, fracturait l'obstacle (quel matériau, entraîné par quelle force, avec quelle précision ?) et poursuivait dans son élan en coupant les gaines électriques comme une vulgaire mèche de cheveux. Il contrôla tout autour, espérant débusquer l'objet responsable de la brèche. Mais rien ne traînait par terre ni ailleurs. Listiev s'écarta, exécuta un geste circulaire, bras tendu à hauteur de l'entaille. L'objet avait été entraîné selon le même mouvement, comme une hélice à pleine puissance qu'on aurait trop approchée du mur.

— Qu'est-ce qui a pu faire ça ? gémit Douglas.

— C'est probablement une action volontaire.

— Du sabotage ?

— Ou une expérience qui a mal tourné.

— Tu penses à quoi exactement ?

— À rien, c'est tout le problème... grinça Listiev dans un simulacre de sourire.

L'Américain était pâle comme la mort, convaincu de voir, en cet acte de vandalisme, un avant-goût d'incidents qui iraient de pire en pire. Il était sous l'influence des scénarios hollywoodiens où les petits problèmes annoncent toujours de grandes catastrophes. Listiev formula ses ordres d'une voix lente, pour laisser le temps à Douglas de bien comprendre qu'il devait maintenant se plier à son autorité. Le mystère entourant cette panne les plaçait en situation de crise. Ses obligations envers son employeur coréen étaient momentanément suspendues.

— Interdiction de toute communication extérieure. Interdiction d'accéder à ton laboratoire. Interdiction d'informer les membres de l'équipage : je m'en chargerai demain au petit déjeuner. Interdiction de quitter ton compartiment privé jusqu'à 7h00. Essaye de te rendormir…

— Évidemment, un bon gros dodo, l'assurance d'un réveil frais et dispo, pendant que le capitaine veille sur nous…

La phrase énoncée avec sarcasme brisait la tentative du chef d'imposer ses règles, le Russe hésita sur le comportement à adopter : fallait-il se raidir dans une posture militaire et rappeler l'organisation qui prévalait dans la station spatiale - en aucun cas une coopérative ou un groupe de potes qui soumettait au vote chacune des décisions - ou devait-il infléchir sa nature, sa culture, pour amadouer le scientifique américain ? Ce type façonné par l'illusion du libre-arbitre ? Il scruta son visage, la lueur clignotante du regard, les émotions agissaient au plus profond de lui et culminait dans un visage grimaçant. Il vit un homme sur le point de céder à une crise de nerfs. La situation pouvait échapper à tout contrôle. Un regain d'autorité allait faire péter les digues très minces de son self-control. Listiev était préparé à mettre hors d'état de nuire des ennemis ou à affronter de graves défaillances techniques. Manipuler la psychologie d'un membre d'équipage pour qu'il obtempère n'était pas son fort, mais il avait été formé à ce type de situation, il connaissait deux ou trois trucs.

— Tu as raison, dit-il d'une voix onctueuse.

Il ouvrit plusieurs placards, en sortit un sac plastique portant le logo du programme spatial international, fouilla différents tiroirs, finit par mettre la main sur une poche scellée de couleur brune qu'il fit tomber dans le sac, accompagnée d'une bouteille de 50 cl d'eau minérale en provenance d'Ecosse. Il le tendit à l'Américain avec un sourire complice. Au fond de lui, Listiev trouvait la méthode vraiment répugnante.

— Regarde ! fit-il en secouant le sac qu'il tenait sous le nez de l'Américain. C'est pour toi.

Ce dernier plongea le nez à l'intérieur.

— Whisky lyophilisé ?

— Trente ans d'âge. Personne ne connaît tous les secrets de la réserve. On le sort pour les grands moments. Ou les coups de blues sévères. Bon, bref, on est à la limite de ce qui est autorisé…

— Pourquoi ? demanda Douglas sous le coup de la surprise.

— Tu rentres dans ta cellule, tu bois un verre à ma santé et tu me fais confiance. Je sais que je te demande quelque chose de difficile, mais j'ai besoin de ta collaboration. De ta solidarité. Et de ta confiance. Demain matin, nous serons tous à égalité pour régler ce problème. Ma priorité est d'avoir une communication avec la base au sol.

Après avoir prononcé tous ces mots qui suggéraient le contrôle, Listiev poussa le simulacre jusqu'à poser la main sur l'épaule de Douglas. Touché par cette marque de complicité d'Iceberg, l'Américain obtempéra.

3h33

Installé dans son fauteuil, dans le module de commandement, une pièce ridiculement petite, sans hublot, il fixa l'écran de communication, attendit quelques secondes en effectuant des rotations du cou. Apparut le visage d'Andrew. Listiev n'eut pas le temps de prononcer un mot, son contact s'empressa de lui résumer la situation : grave incident, ils savaient, ils attendaient son appel, toute l'équipe à pied d'œuvre, l'unité russe était informée, ainsi que le correspondant de la firme coréenne.

— Pourquoi informer les locataires ? Ils n'ont rien à voir dans le fonctionnement de la station, gronda le capitaine.

— Bah, je ne sais pas moi, j'exécute.

Listiev avait immédiatement perçu une tension dans la voix d'Andrew, même s'il utilisait un langage familier pour ne pas éveiller les soupçons du capitaine.

— J'en conclus que l'incident n'est pas sans lien avec les travaux de la firme.

— Je n'en sais rien, je n'ai pas d'info.

— Bon, vous avez bien des images vidéo ? Tu vas me faire languir encore longtemps ? Qu'est-ce qui a défoncé le mur ?

Le buste d'Andrew recula, ses yeux quittèrent l'écran pour se ficher dans la lentille de la caméra installée au-dessus, ce qui revenait à regarder son interlocuteur droit dans les yeux, mais sans le voir.

— Je ne peux pas en dire plus. On attend Mallow.

— Ils ont été chercher le big boss ? Tu m'expliques ?

Le regard d'Andrew s'abaissa, mais il ne supporta pas l'image de Listiev, penché en avant, les yeux avides d'une réponse franche. Alors il se contenta de tourner la tête en évoquant une réunion de crise qui s'éternisait. Il n'en savait pas plus. Il était dans la même situation que lui, contraint d'attendre Mallow.

— Pas tout à fait. On n'est pas dans la même situation, répondit Listiev.

Et il désactiva l'appareil, en précisant qu'il ne bougeait pas de là. Autour de lui, en demi-cercle, le poste de commandement, une console de la surface d'une table de billard avec une impressionnante variété de boutons, leviers, modulateurs, qui faisaient toujours son petit effet quand les visiteurs pénétraient dans la réplique terrestre de la station, une attraction grandeur nature installée en Floride. Elle devait susciter l'adhésion d'un large public, pour aider ensuite la NASA à promouvoir sa coûteuse activité et négocier des budgets auprès de l'État. Les USA participaient à hauteur de 39 % au coût du programme, les Russes 12 % et les autres, Europe, Brésil, Inde, Chine, Japon… contribuaient pour le reste de la somme. Pour la première fois, un pays africain, le Nigéria, s'était invité à la table des financeurs ; l'événement avait d'abord été salué comme un progrès, avec sa traînée de commentaires lyriques, avant l'explosion d'un mini-scandale quand l'astronaute nigérian avait été recalé en phase finale de sélection. Sa psychologie présentait des failles, mais certains y avaient vu de la « malveillance postcoloniale ».

Listiev ferma les yeux, obligea son esprit à se focaliser tour à tour sur les différents bruits de la cabine, un léger grésillement du générateur électrique, les ventilateurs des ordinateurs, le souffle de la climatisation, parfois un craquement infime témoignant d'une déformation de la structure. 400 kilomètres sous ses pieds, la terre, sa vie, ses souvenirs. La station fendait l'espace à 28 000 km/h sous la lumière du soleil dans son expression la plus directe ; dans une heure, elle serait plongée dans le noir, de l'autre côté de la terre, sous un tapis d'étoiles. Une journée à ce rythme donnait lieu à 16 couchers de soleil. La vie dans la station relevait du paradoxe : avoir sous les yeux un infini qui dilatait l'imagination, tout en étant coincés dans une boîte volante. Seuls les plus forts parvenaient à se libérer de l'angoisse et finissaient par éprouver un certain plaisir dans cette opposition entre la claustrophobie et l'abîme.

L'exercice de concentration ne parvenait pas à mettre en veille son esprit que l'angoisse avait sournoisement fouetté. Aucun objet, embarqué officiellement dans la station, ne pouvait lacérer le métal, le fendre comme un simple couvercle de plastique. Conclusion : il s'agissait d'un outil ou d'une arme non officielle, un accessoire puissant qui avait échappé au contrôle d'un imbécile, la nuit, dans le module 8 réservé au stockage. Il excluait une intention malhonnête… Un attentat ? Cela supposait la présence parmi les sept membres d'équipage d'un transfuge. Ce genre de carapace était peu probable. Il restait l'accident. Avec son lot de petits secrets qui lui seraient bientôt dévoilés par le directeur du programme. Il l'imaginait se confondre en excuses. Il avait de la chance d'avoir un militaire en face de lui car il obéissait. Boris Listiev ne trahirait pas la confidence, à tout jamais enfermée dans sa boîte crânienne, comme la soirée putes et vodka avec un colonel à la retraite qui avait sacrément dégénéré.

3h57

L'écran s'illumina, faisant apparaître le visage grave de Mallow, le big boss. Pas de formules de politesse, mais sa voix était onctueuse, cette voix qui tente de prévenir la furie, qui laisse son interlocuteur englué dans une douceur feinte. Mallow imaginait le Russe prisonnier d'une certaine idée de l'abnégation, ce qui le rendait facile à manipuler.

— Je suis désolé de vous avoir imposé ce délai, déclara Mallow.

— Je n'ai pas accès aux vidéos de contrôle du module 8, je suis impatient de profiter des images.

Mallow était un ex-sportif d'une carrure impressionnante, mais qui s'était laissé piéger par une vie de colloques et cocktails; il consacrait le plus clair de son temps à entretenir son réseau d'influence pour obtenir le soutien de sénateurs et de businessmen, même à l'étranger où sa maîtrise du français, du russe et de l'allemand le faisait passer pour la crème des diplomates. L'image était trompeuse. Derrière le visage enflé de graisse aimable, on devinait la structure carrée d'un homme animé par le goût de la compétition. Ses deux petits yeux bleu acier, quand ils n'étaient pas mis au service de sa voix de charmeur, exigeaient la soumission, en paralysant l'interlocuteur avec des menaces à peine voilées. Listiev se souvenait comment il avait massacré en public un ingénieur coupable de lui avoir tenu tête. Il faisait un usage disproportionné de la force. Listiev était conditionné au respect du grade et Mallow, quant à lui, ne cachait pas son admiration pour le Russe, alliage de force physique et psychique, doublé d'une intelligence très au-dessus de la moyenne qu'il ne dilapidait pas en commentaires sur tout et sur rien. Mallow n'avait pas son assurance habituelle. Il se racla plusieurs fois la gorge avant de reprendre la parole.

— Boris, avez-vous entendu parler de la psukhê-morphie ?

— Je ne crois pas.

— Et le programme *materialize the soul* ?

— Humm... vaguement. Une légende urbaine...

— Cette théorie suppose qu'on peut faire passer une idée du monde abstrait au monde réel.

Mallow jeta un œil derrière l'écran, sans doute à l'intention d'un ou plusieurs témoins de l'autre côté de la caméra qui suivaient le dialogue en se mordant l'intérieur des joues. Mallow donna l'impression d'implorer une aide, un délai, un adjuvant pour réarmer son esprit, comme si la nécessité de partager une mauvaise nouvelle cassait l'édifice mental du leader.

— Oui, bien évidemment, la psukhê-morphie se heurte à nos connaissances, nous sommes des hommes de sciences tous les deux, n'est-ce pas ? fit-il en levant son menton.

— J'attends la suite. Évitons les digressions.

Qu'est-ce qui a démoli la gaine électrique?

Le directeur soupira, son front se plissa, il souleva le torse pour se remplir d'air.

— Une pensée…

— J'ai mal entendu la réponse, grogna Listiev.

— Le laboratoire coréen développe un projet de psukhê-morphie et… (nouveau regard par-dessus la caméra, avec une ombre de colère)

— Attendez Mallow, vous êtes en train de suggérer que les Coréens croient possible de transformer une idée en matière?

Son interlocuteur émit un petit rire saliveux qui coïncida avec une brève rupture de la télécommunication, l'écran passa en mode « incident », avant de réactiver l'image.

— Vous m'entendez?

— Je vous entends.

— C'est ça, oui. Mais dans un environnement isolé de la Terre. C'était nécessaire. Je n'avais pas beaucoup de rapport avec eux. Quand on a vu le bordel cette nuit, on les a contactés. Ils confirment, c'est de leur faute. Le truc leur a échappé.

— Mallow, il faut me dire de quoi il s'agit. Maintenant.

Piqué dans son rôle de numéro 1, Mallow s'ébroua et lui rappela qu'il n'avait pas d'ordre à recevoir du capitaine de la station… Paroles aussi vite compensées par des excuses formulées du bout des lèvres, à contrecœur.

— Je vais vous répondre, capitaine. Vous vous souvenez du candidat nigérian, hein ? Vous n'avez pas oublié ? Un type sympa. Expérimenté. Solide. On y a cru, jusqu'au dernier moment. Mais on a finalement dû l'éliminer du voyage.

— Oui. Une faiblesse psychologique.

— Absolument pas. Ce type était un modèle d'équilibre.

Sa pomme d'Adam remonta, il grimaça, pareil à un type contraint d'avaler une poignée de clous. Il reprit, le visage toujours plus blanc, affaissé.

— Équilibré, rien à redire... Mais au cours de son enfance, ce gars a baigné dans un environnement où la superstition jouait un rôle déterminant.

— J'ai cru au Père Noël jusqu'à l'âge de cinq ans et je suis capitaine de la station spatiale.

— Tout à fait, mais cette croyance a été superficielle, elle est positive et elle ne vous a pas affecté. Elle ne vous a pas fait peur. Elle est restée, comment dire... en surface. Sous contrôle, vous voyez ? Tandis que notre ami nigérian a été, très jeune, bouleversé par le personnage de... Hum...

Une main jaillit de l'écran côté gauche, tenant une feuille de papier, Mallow s'en empara et déchiffra une écriture qu'il jugeait illisible, commentaire glacial à l'appui.

— Mamiwata ! C'est ça, oui, Mamiwata... Une sorcière, l'esprit de l'eau, qui mange les hommes, elle peut à sa guise jeter des maléfices ou porter chance, enfin bon, un personnage légendaire, flippant, vous voyez ? (il s'arrêta pour respirer, comme s'il venait de gravir trois étages au pas de course). Ouais... elle occupe une place de choix dans l'imaginaire africain.

— Il y croyait ?

— Non. Il ne croyait pas en Mamiwata, bien sûr que non, mais l'enfant y avait cru. Et le souvenir était comme imprimé dans son inconscient... Il se trouve que la firme coréenne nous avait mis en garde contre ce risque-là, en particulier... La peur est l'émotion la plus puissante, elle provoque de la confusion, même dans les cerveaux intelligents. OK ? La réalité est modifiée à cause de la peur. Une idée inconsciente est un élément perturbateur. Surtout dans un espace clos. Je vais vous dire Listiev (et il abaissa la tête, reprit son souffle), je n'y croyais pas plus que vous... Sauf que cette nuit, une pensée enfouie a été libérée et cette pensée est devenue réelle...

Listiev n'avait pas le souvenir d'avoir un jour éprouvé une telle sensation. Il était entièrement assujetti à une autorité lointaine. Elle se montrait en même temps si fragile, hésitante, qu'elle promettait tout et son contraire. Elle était comme un parent psychotique qui transfère ses frayeurs sur les épaules de son gamin en lui demandant de bien vouloir rester calme.

— Une peur primitive, une superstition...

— Mallow... Attendez un instant... Quelle est la suite ? Qu'est ce qui se promène ici ? Mamiwata ? Un clown maléfique ? Voldemort ?

— Listiev, ce que je vais vous dire...

— Non ! cria Listiev, non, vous m'écoutez, moi. Et vous répondez à mes questions.

Mallow cacha un instant son visage dans ses grandes mains, il réapparut, encore plus creusé que la seconde d'avant. Le directeur du programme spatial acquiesça.

— Première question, énonça Listiev, qui dans l'équipage est au courant des expériences et des risques encourus ? À part Douglas ?

— Personne. Même Douglas ignorait participer à un programme de psukhê-morphie. Il avait accès à une infime partie du chantier. Son activité était l'un des maillons d'une chaîne complexe. Voyez ça comme une explosion dans un laboratoire, à cause d'un ingrédient qui n'était pas censé se trouver là. Même loin de la Terre, avec une petite communauté d'hommes et femmes triés sur le volet, l'inconscient peut jouer de mauvais tours.

— Un ingrédient inconscient ?

— Exactement. Un reliquat bien caché dans l'inconscient d'un membre d'équipage. Il a échappé au test.

— Qui ?

— La Française.

— Nolwenn ?

— On a tout repris à zéro pour voir ce qu'on avait loupé. On a rouvert son dossier, on a cherché d'où ça pouvait venir... Enfant, elle a passé toutes ses vacances d'été à la campagne, en compagnie de sa grand-mère. Elle lui racontait des histoires. Des légendes... Hein ? Quoi ? fit-il en plissant les narines en direction de l'un des types qui lui parlait derrière l'écran. Ouais, la région française, à l'ouest, la Bretagne... Côté ouest, Atlantique... Vous connaissez la Bretagne ? Il paraît que c'est très authentique.

— Ne cherchez pas à gagner du temps.

— Je comprends votre angoisse, votre colère, je la partage ! On travaille d'arrache-pied ici pour trouver une solution.

— Quelle terreur mamie a fourré dans la tête de la petite Nolwenn ?

Mallow baissa les yeux vers une partie du bureau trop près de l'écran pour être visible de la caméra, il fit pivoter ses doigts pour mettre une feuille de papier dans le bon sens et la présenta, devant lui, cachant la moitié de son visage : cinq lettres en capitale, le mot ANKOU.

— Ne dites rien Listiev, ne prononcez jamais son nom, on ne sait pas s'il capte les messages, on ne sait rien de son pouvoir.

— C'est quoi ce truc ?

— La mort, chuchota Mallow.

Le capitaine repoussa avec force l'idée tellement elle était folle. Mallow, lui-même, avait mis quelques minutes avant de pouvoir considérer, sans rire, la possibilité d'un monstre dans la station. Listiev prononça plusieurs fois le mot « non ». En tant que militaire, Listiev pouvait se battre contre tout, mais pas contre la mort. La mort, il avait juste appris à lui échapper. Fallait-il envisager une partie de cache-cache avec l'Ankou dans la station spatiale le temps que les secours arrivent ?

— Les secours ne peuvent rien contre cette chose. Elle n'a jamais existé, c'est une putain de légende qui est devenue réelle ! On n'a jamais vu un truc aussi dingue se produire… Les apprentis sorciers coréens ont franchi toutes les limites. La manipulation du génome humain à côté, c'est du coloriage pour enfant de cinq ans. Je veux dire... Écoutez-moi... Tout ce qu'on a expérimenté avant, la bombe H, les robots tueurs, le traficotage des virus, toute cette merde parait dérisoire, absolument inoffensive comparée à leur crime ! Ils ont inventé un truc qui transforme les peurs inconscientes en créatures capables d'agir dans notre monde. Une idée peut exercer son pouvoir sur les matériaux ou les êtres vivants. Cette chose, si elle est douée de conscience, vient d'accéder à un univers où elle ne conçoit aucune limite... On ne sait même pas si on peut l'éliminer. On sait juste que sa structure cellulaire se consolide avec le temps.

— Stop, taisez-vous. Montrez-moi la vidéo.

— Je ne sais pas si c'est une bonne idée.

— Mallow, si je vous écoute, si je vous crois, il y a ici avec nous une créature toute puissante contre laquelle nous ne pouvons rien. Toutes les règles et les procédures sont caduques. L'expérience a été réalisée en secret. Nous sommes pris au piège. Vous ne pouvez plus rien me cacher.

L'autre tenta de protester, mais la hiérarchie, au vu des circonstances, était devenue un concept ridicule. La trahison menée au nom de l'argent, avec un mépris absolu pour leur existence, s'opposait à tout ce en quoi Listiev croyait. Il approuvait des valeurs qui ne se monnayent pas. Il acceptait de mourir pour sauver une idée, mais il n'acceptait pas de mourir au nom d'une troupe d'hommes et de femmes guidés par des intérêts économiques. Mallow voulut reprendre la parole.

— Taisez-vous. Les règles ont changé. Je ne veux plus dialoguer avec vous. Je veux parler à mon état-major.

— Listiev…

— Montrez-moi tout de suite la vidéo où je suspends la communication.

Le directeur du programme spatial donna l'ordre de diffuser la séquence.

4h32

La vue plongeante du module 8 avant l'attaque était prise depuis la caméra située au-dessus du sas d'entrée, à gauche. Elle était restituée dans un carré qui occupait les deux tiers du moniteur, le tiers restant était divisé en deux écrans, l'un en provenance d'une caméra située à l'angle opposé et l'autre d'une caméra face à la porte. La chose apparut sur les trois écrans en même temps. Filmée sous trois angles. C'était bien une silhouette humaine, très longue, voûtée, qui oscillait, donnait l'impression de vibrer.

La chose était vêtue d'un long manteau, on ne voyait pas son visage, la tête semblait disproportionnée, cachée sous les bords d'un feutre d'où pendait un vieux ruban décoratif déchiré à son extrémité. Un râle se faisait entendre, très bas, et parfois le son évoquait un frottement de dents, suivi d'un claquement, un entrechoc d'os. Listiev abaissa le volume sonore, le bruit était pire que l'image. On devinait, par intermittence, quand il ralentissait l'agitation de sa tête, une peau flasque. Tout était sombre, élimé, noir, sale et grossier dans son apparence. Avec une sorte de majesté austère. Comme s'il avait une très haute idée de son rang. Ses cheveux étaient d'une blancheur irréelle… Des cheveux ? Des mèches collées entre elles qui se répandaient sur son épaule comme l'écoulement d'un lait toxique. L'Ankou écarta le bras. Jaillit de son vêtement sans forme - un drap mal taillé - une longue faux. L'outil d'un autre âge était bizarrement arrangé, la lame, au lieu de se recourber vers l'intérieur, formait un croissant tourné au dehors. L'objet était si banal, tout juste bon à prendre la poussière dans un musée de la ruralité. Pourtant il était effrayant. Incongru. Grotesque. Transporté ici, dans l'espace, avec cette lame pointée vers les étoiles, éclatante, fine, délicate, emmanchée à son bâton vermoulu, la faux promettait une catastrophe. Elle n'était pas d'un métal ordinaire en provenance de ce monde ; le reflet dans cet alliage défiait l'homme, comme si elle capturait les ondes lumineuses, les broyait pour les rejeter à l'envers. Listiev déversa à voix basse un chapelet d'injures, seule alternative aux lamentations. Le fichier vidéo ne devait rendre qu'une faible part de la lueur d'origine. Même altérée, elle était glaçante. Un être humain ne pouvait que fermer les yeux ou abaisser la tête devant cette lame. Le claquement sinistre augmenta et soudain, il lança la faux devant lui, un geste si rapide qu'il était invisible en vitesse de lecture normale, une gerbe d'étincelles gicla du mur, accompagnée d'une explosion aiguë et toutes les caméras furent privées d'électricité. Écran noir.

5h12

Listiev avait refusé deux appels en provenance de la base. Une dernière impression de liberté peut-être. La possibilité d'agir. Il savait que ce petit jeu ne pourrait pas continuer très longtemps. Le protocole de la station spatiale internationale prévoyait en cas de défaillance du capitaine la prise de contrôle à distance, avec désignation d'un nouveau responsable parmi les membres d'équipage. L'ironie voulait que, selon les règles établies au départ, le capitaine par défaut soit la Française. La bretonne ! La femme surdiplômée, disposant de ressources exceptionnelles pour résister au stress ! Une blague ! Elle était contaminée en profondeur par un conte breton et personne n'avait rien vu !

Listiev les imaginait s'agiter en réunion de crise à se torturer les méninges en faisant des hypothèses. Pendant le répit, sans le visage hypocrite de Mallow en plein écran, il avait évalué toutes les solutions. Il avait conçu un scénario sur un plan d'évacuation rapide. Il allait rassembler l'équipage à l'abri dans un module, avec de l'eau et de la nourriture pour tenir le plus longtemps possible, mettre hors service le laboratoire coréen en espérant que cette manœuvre puisse affaiblir l'Ankou, et travailler à l'élaboration d'armes rudimentaires, avec les extincteurs et les perceuses, ces dernières ne devant servir qu'en dernier recours. Des armes... Elles étaient bien évidemment inutiles face à ce monstre, mais elles occuperaient les mains et l'esprit de l'équipage. La survie dépendait d'un seul critère, indépendant de leur volonté, de leur intelligence ou de leur agressivité : allaient-ils croiser le chemin de l'Ankou dans les prochaines heures ? Où se planquait-il ? Avait-il disparu tout simplement après son saut de l'imaginaire au monde réel ?

Au troisième appel, il activa le terminal de communication. Mallow avait subi une métamorphose, on l'aurait dit frappé d'un sortilège de vieillissement accéléré, sa voix était faible, il peinait à terminer les phrases.

— Listiev, vous ne pouvez pas arrêter la communication en pleine crise… J'ai réussi à calmer l'état-major mais…

— L'armée est sur le coup ?

— Vous trimballez dans votre station une arme contre laquelle nous n'avons aucun moyen de riposte… Une équipe est en train d'éplucher tout ce qui a été écrit au sujet de cette… Chose. Essentiellement des histoires à dormir debout, colportées de bouche à oreilles jusqu'à l'apparition de l'électricité… Il y aurait ce type qui pourrait nous aider, Anatole quelque chose, un chercheur, mais on ne sait pas s'il exerce encore.

Listiev exposa son plan : se retrancher dans le module 4, de là, ils pourraient tenir jusqu'à l'arrivée de la navette. Combien de temps leur fallait-il ? Avaient-ils établi un plan pour neutraliser le huitième passager ?

— Listiev, c'est inédit, répondit Mallow avec embarras, l'armée n'est pas préparée à se battre contre une créature légendaire... On ne sait pas de quoi elle est faite...

— Elle s'est matérialisée, elle est faite d'atomes, donc elle doit pouvoir être pulvérisée, n'est-ce pas ?

— C'est le pari que nous faisons...

— Nous sommes d'accord sur ce point.

— Listiev, nous allons procéder à une connexion avec votre état-major.

Instinctivement, le capitaine russe bomba le torse.

— C'est l'armée qui prend la suite.

— Tant mieux.

Puis plus rien. Plus de son, écran d'attente. Listiev massa dans son poing les rebords du siège. Le rêve interrompu quelques heures plus tôt lui revint en mémoire avec force, comme un souvenir réel ; il avait éprouvé une sensation de joie et de réalité si intense. Il n'avait pas d'enfant. Le retour de l'image sur le moniteur le prit au dépourvu.

— Bonjour capitaine.

Listiev demeura bouche-bée. La figure était bouffie, il n'avait plus de cheveux, mais sous le front, le regard bleu n'avait rien perdu en force. À 92 ans, le président russe habitait un corps vieilli mais il arrivait encore à donner le change. Seules les lèvres s'animaient, le reste était figé, sa posture évoquait une autorité inflexible. Il incarnait toujours le pouvoir, la force, la Russie. Listiev était conscient de l'honneur qui lui était fait de pouvoir parler à Vladimir Poutine, mais ça ne présageait rien de bon, il le savait. Peu importe. L'éventualité du sacrifice pesait moins lourd en présence du chef, Listiev avait le sens du devoir. Sans même s'en rendre compte, il avait baissé un peu la tête, comme une marque de déférence, un automatisme. Vladimir Poutine tonna contre le laboratoire coréen, des idiots, continua avec une grimace de dégoût quand il évoqua le manque de prudence de Mallow et de son équipe, il soupçonna également le président américain de légèreté. Sa voix était rauque. Il regardait droit dans la caméra. Il pesta encore contre les Coréens, puis sa voix ralentit, devint presque douce quand il interrogea Listiev sur sa jeunesse, son engagement dans l'armée. Il s'entretenait avec lui comme s'ils étaient attablés dans un salon chic de Saint Pétersbourg. Listiev faisait des réponses courtes. Il soupçonnait par moment le président de radoter. Poutine maugréa à nouveau contre les Coréens qui venaient de cracher le morceau et de livrer la solution, avoua-t-il. La psukhê-morphie était un processus évolutif. L'image mentale gagnait progressivement sa place dans le monde réel, mais on pouvait détruire la bestiole dans les prochaines heures. Si on attendait trop longtemps, elle serait invincible.

— Comment détruire la mort ?

— Une charge nucléaire, fit le président avec un sursaut d'énergie.

Le président russe n'avait pas bronché avant. Il n'exprimait rien. Son regard était vide. Mais à l'évocation du feu nucléaire, il s'était animé. Depuis le temps que les missiles prenaient la poussière… Les présidents des principales nationalités du vol spatial avaient donné leur accord. Listiev était un héros. Il serait élevé au rang posthume de colonel. Listiev s'entendit répondre merci. Il avait le ton de celui qui s'émeut d'apprendre que la balle destinée à sa tempe est en or massif.

— J'imagine que cette information n'adoucira pas votre colère. Je la ressens en moi, également, dit Vladimir Poutine en s'agrippant le torse. J'ai décidé contre l'avis de tous les autres de vous dire la vérité.

— Vous allez détruire la station avec leurs habitants ?

— Les missiles partiront dans vingt minutes… Vos coéquipiers dormiront encore. Ce sera immédiat. Nos missiles sont des armes fiables.

L'urgence était d'atomiser cette chose avant qu'elle n'ait fini sa transformation, ils ne savaient même pas encore quelle version de l'histoire ils allaient pouvoir servir aux médias. C'était une catastrophe. Le monde entier allait s'émouvoir de leur disparition.

— On va la renvoyer dans son monde imaginaire. Votre mort ne sera pas inutile. Je vous assure que les représailles contre la Corée seront brutales.

Un triste sourire apparut au bas du visage de Vladimir Poutine, il proposa à son capitaine de parler encore un peu, mais Listiev préférait le silence. Il demanda la permission de couper la liaison.

Listiev ne disposait d'aucune arme à feu pour se suicider. D'ailleurs, ce n'était pas lui, cette option s'apparentait à une fuite. Il choisit un module dont les hublots s'ouvraient sur la terre, et scruta le paysage spatial, pour voir venir les missiles, signalés par la traînée lumineuse des réacteurs. Mais il finit par se lasser de jouer au héros. Il se laissa tomber, dos au mur, jambes repliées. Le souvenir du rêve avant l'alarme remonta dans sa mémoire, il était si plein de tendresse et de vérité qu'il se mit à pleurer sans honte.

Discothèque

La discothèque trônait dans un désert de verdure, à huit kilomètres de Locminé ; la ferme la plus proche, située à une centaine de mètres, était occupée par deux vieux durs de l'oreille.

Ce soir d'avril 1984, aux alentours de minuit, François Prigent défiait les virages au volant de sa Ford Escort orange, Serge Floch, côté passager, venait d'enclencher une cassette d'Indochine ; le sapin déodorant suspendu au rétroviseur oscillait comme un potentiomètre. Serge habitait à Vannes et François à Saint-Jean-Brévelay.

François avait ses entrées à la discothèque, son cousin y était disc-jockey. Le portier, son cou gras serré dans un col mao, mit quelques secondes à le reconnaître. Derrière eux, les autres clients faisaient la queue pour s'acquitter des cinquante francs par personne (boisson alcoolisée comprise, sauf les cocktails). Une lumière rouge baignait l'entrée, au sol un marquage lumineux en forme de triangle guidait vers la première salle où tonnaient les basses. Avant de plonger dans l'étuve, François rappela à Serge les consignes. Pas de discussion d'intello ce soir, pas de citation de Géo ou de commentaires philosophiques ; ils étaient là pour pêcher et on n'attrape pas les filles avec des discours chiants sur la théorie de Darwin. Serge acquiesça.

La piste de danse était déjà bien garnie. Dans la chaleur étouffante, Serge regretta de ne pas avoir laissé son perfecto au vestiaire par radinerie. François connaissait quelques personnes, il échangeait des poignées de main et des bises. Le regard à l'affût, il surveillait son cousin perché dans sa cabine, car il n'aimait rien tant que lui adresser un ostensible signe de la main - avec un sourire blasé. Le demi-dieu, cravate en cuir et casquette Clan Campbell, enchaînait les tubes sans lever la tête, sauf pour prendre la température du dancefloor et corriger si besoin. Il avait un jour dit à François, au cours d'un repas de famille, François qui aimait répéter cette phrase : *un bon DJ, c'est la rencontre de James Brown et de Sigmund Freud*.

Ils s'étaient frayés un chemin jusqu'au bar et avaient commandé deux gin-fizz, avalés goulûment, évaluant les filles, accoudés à la rambarde au bord de la piste de danse. En particulier une grande brune, dans une tunique jaune fluo à franges, et avec un bandeau de même couleur qui lui ceignait le front et lui donnait un style difficile à classer dans la grande famille des branchés. Elle avait l'air un peu dingue, surtout quand elle s'était mise à gueuler contre un type qui l'avait brûlée avec la cendre de sa cigarette.

— Je me demande si on est gagnant... dit Serge en montrant son verre.

— Gagnant de quoi ?

— Ben, si on avait payé la place cinquante francs on avait une boisson avec et là, on est passé gratis, mais on a payé la boisson cinquante francs.

François eut l'air contrarié, secoua la tête et expliqua que ça n'avait rien à voir.

Ils avaient poursuivi leur ascension vers l'ivresse soft avec un whisky-Coca, leurs doigts délicieusement engourdis au contact du verre rempli de glaçons. Ils n'arrivaient pas, comme les filles, à danser tout de suite.

— Un peu trop de glaçons… avait soupiré Serge, avant de se refroidir le front avec le verre. Il crevait de chaud.

Serge essaya d'inciter son copain à venir danser sur une chanson de Prince. Mais François n'aimait pas les chanteurs efféminés, ils brouillaient exprès les frontières entre les filles et les garçons ; à la longue, on allait finir par considérer comme normal un mec vêtu de dentelle qui se caresse les tétons en chantant. Pour se prémunir contre les risques de la musique sensuelle, il évitait de se trémousser et il se nettoyait les oreilles avec du heavy metal à fond dans la voiture en rentrant du club. Il arrêta de marmonner tout seul quand il croisa le regard d'une fille, blonde, avec un brushing qui flottait au-dessus du front ; ses deux copines, assises à côté, avaient l'air éteintes. Il soutint son regard un long moment, pendant qu'elle prenait des poses en mordillant la paille de son Coca.

La piste de danse était pleine comme un œuf. Sous la cabine du DJ, ondulait une poignée de filles plus délurées que la moyenne, les bras en l'air, le nombril étiré comme une petite flamme. Serge se sentait pousser des ailes. Il se mit en face de la cheyenne dans sa tunique fluo ultra courte. Il tenta d'entrer en contact visuel, s'approcha prudemment. Le DJ avait balancé une nouvelle bombe disco, le morceau avait incité un homme pratiquant peu de sport à sortir sa chemise du pantalon et à l'ouvrir en grand. Quand son cousin DJ se décida à passer *Jump* des frères Van Halen - de véritables hétéros avec des débardeurs zébrés - François exulta. Les lasers striaient le plafond enfumé. Serge croisa le regard de l'indienne. Elle soulevait ses cheveux. Elle avait des poils sous les bras, bizarrement il trouva ce détail sexy. Elle montrait des signes d'encouragement, un sourire faussement timide. Il se planta devant, elle ne recula pas, elle tenait ses positions. De près, elle trahissait quelques défauts, mais son corps élastique avait un pouvoir d'attraction supérieur aux faiblesses du visage. Et elle avait un regard insolent planté dans le sien comme pour lui dire *t'es pas cap*. Serge lui posa les mains sur les hanches. Elle fit de même, avant de les écarter en poussant un petit cri écœuré, lui reprochant d'être mouillé de transpiration.

— C'est à cause de mon perfecto... balbutia Serge.

Mais c'était inutile, car déjà elle avait pris le large, en gesticulant et grimaçant. Serge osa un regard périphérique : soulagement, personne n'avait été témoin de son humiliation. Il battit en retraite, fendit les corps agglutinés autour du bar pour commander une vodka orange et retrouva, sans verser une goutte, son pote François crânement installé sur un pouf à côté des trois filles.

— Elles s'appellent Sophie, Anne et Françoise, fit son copain en les désignant tour à tour.

— Salut ! fit Serge.

Ils commencèrent alors une discussion composée de phrases courtes, prononcées très fort. Anne, avec ses cheveux en suspension et plus brillants que le soleil, avait jeté son dévolu sur François, elle minaudait, sa paille était en lambeau et, un moment, elle coinça entre ses dents un bout de plastique qu'elle eut du mal à retirer discrètement.

Il était trois heures du matin. L'une des filles se mit à répertorier sur la piste toutes les danseuses qui, de son point de vue, méritaient le qualificatif de « putes ». Parmi elles, la danseuse à la tunique à franges qui s'époumonait sur le refrain d'une chanson d'Eurythmics. Serge avait retiré son perfecto et depuis il avait l'impression de sécher un peu. La conversation continua toujours en gueulant très fort. La fille avait entendu des choses bizarres à propos d'une mare, pas très loin, squattée par une colonie de grenouilles tropicales qui s'étaient développées en dévorant les espèces locales : les poissons, les canards et même les rats. Circulait l'histoire d'un type saoul, embourbé dans la vase du plan d'eau, attaqué et mangé par les bestioles, mais cette version paraissait un peu exagérée. La soirée avait filé trop vite, comme d'habitude, et les deux copains avaient trop bu, comme d'habitude. François embrassait la blonde, elle avait la tête penchée en arrière, écrasée sous son poids, elle était petite, sa nuque allait se briser, alors ses petits bras repliés tentaient de le retenir, pour ne pas suffoquer sous la pression des baisers. Sa copine, à côté, réprouvait avec une petite grimace. D'autant plus que François, incommodé par un jean trop serré, écartait les jambes pour soulager ses testicules, dévoilant, par intermittence, dans le crépitement des spots, l'ombre d'une érection. Serge ne savait plus quoi dire à sa voisine. Il fronçait les sourcils en cherchant une idée. Au bout d'un temps très long, alors qu'il commençait à sentir le sol vaciller, une bouche lui cria dans l'oreille :

— Tu es sec ! Viens danser !

Il faillit tomber de son pouf. L'indienne hystérique se tenait devant lui, les seins dans les yeux, il n'osa pas refuser.

Ils recommencèrent là où ils avaient abandonné, mais de manière beaucoup plus lascive. Ils s'effleuraient, se tamponnaient, se caressaient dans un simulacre de relation sexuelle qui scandalisa les deux filles restées sur le canapé. La troisième, engloutie par la bouche de François, ne pouvait pas faire de commentaire.

Serge embrassa l'Indienne. Elle enroula les bras autour de sa taille, avant de remonter les mains et lui caresser la nuque du bout des doigts. Il frissonna. Alors il devint plus entreprenant, en inspectant le bas de ses reins (quelle courbure !), elle fit de même avec un sourire de vampire. C'était son soir de chance ! Surtout, ne rien dire d'intello. Ne pas évoquer Darwin. La boîte de nuit et son scénario simplissime soulageaient l'esprit des gens compliqués comme Serge et elle était typiquement le style de fille qui en temps normal le méprisait. Elle n'était pas du genre à s'arrêter à un baiser, pensait-il, et il brûlait de lui tripoter les seins pour vérifier son intuition. La nuit était avancée. Les danseurs éreintés et chancelants souriaient bêtement, tandis que les videurs commençaient à expédier les plus bourrés vers la sortie avec des phrases de moins en moins courtoises.

Serge allait proposer à l'Indienne d'aller s'installer dans un coin sombre, au fond de la salle, derrière les miroirs, quand l'une des filles se planta à côté et l'informa, avec un plaisir sadique, que son copain était « malade comme un chien » et « vomissait dans le parking ». Il fit promettre à sa conquête d'un soir de l'attendre, estimant possible de régler le problème de François en moins de cinq minutes. Le DJ passait Jakie Quartz quand il sortit, Serge trouva la coïncidence amusante car il voyait trouble.

— La sortie est définitive... avertit le portier.

— Tu parles, je connais le DJ, on rentre comme on veut...

Le gorille interpréta la réponse comme un défi, il poussa Serge entre les omoplates en lui intimant de ne pas rester à proximité.

— Connard... murmura Serge en titubant.

Il consacra les cinq premières minutes à chercher son copain, distrait par le nuage de vapeur qui sortait de sa bouche quand il criait son nom. Arrivé à l'angle de la discothèque, devant ce qui ressemblait à une prairie en pente, il crut entendre en contrebas le coassement des grenouilles carnivores. Il s'impatientait. Avait froid. Finit par débusquer son ami assis à côté de sa voiture. Les deux bras ceints autour des genoux, sa tête pendait vers le sol, il crachait pour essayer de purifier sa bouche. Serge s'y prit à plusieurs fois avant de réussir à le remettre debout.

— J'ai perdu mes clés… geignit François

— On va les retrouver.

— J'ai déjà cherché…

Il inspecta les abords de la Ford Escort en plissant les yeux. François se donnait comme priorité de rejoindre son lit. Il décréta qu'ils n'étaient pas très loin à pied, une demi-heure de marche à tout casser, avec les raccourcis, des chemins creux faciles à repérer sous la lune.

— On rentre à pied… insista François, maintenant…

— On y retourne, juste cinq minutes.

— Quelqu'un m'a dénoncé quand j'ai vomi dans le lavabo… Je suis blacklisté.

Le cœur brisé, Serge dut se résoudre à abandonner la Cheyenne.

Il fut soulagé de voir que le raccourci ne les obligeait pas à patauger en bordure de la mare aux grenouilles. Ils marchèrent d'abord au milieu de la petite route au bitume gris bleu craquelé. Ils rejoignaient le bas-côté quand une voiture arrivait. Certaines les frôlaient en klaxonnant. Deux ou trois fois, Serge leva le pouce, sans illusion. Il devait être aux alentours de quatre heures du matin. François tendit le bras en direction d'une ombre dans le talus : l'entrée du vieux sentier. Ils s'engagèrent dans la voie étroite. La lune passait à travers les arbres, elle faisait des zébrures par terre. Ils avançaient, le pas alourdi par la fatigue, prenaient le temps d'éprouver la consistance du sol du bout du pied avant de se laisser aller. Il était spongieux. Leur lente progression ne les aidait pas à se réchauffer, pas plus que la sensation de fraîcheur dans les pieds. Le vent s'était levé, ses bourrasques faisaient respirer les arbres. La voûte de branches entremêlées au-dessus du chemin craquait, s'agitait. Serge sursauta quand perça le cri d'un oiseau.

Plus loin, les arbres se raréfiaient, le chemin s'enfonçait entre deux bordures d'où jaillissaient des racines tordues. La lune dessinait un paysage au scalpel. L'odeur d'humus avait effacé de leur mémoire celle des corps en sueur. Qu'elles étaient loin les promesses sensuelles de la discothèque ! Plus loin, à nouveau un bois, encore plus dense. Les ronces et les ajoncs grignotaient les troncs. Le vent continuait d'inventer de nouveaux sons. Serge fit l'erreur d'y prêter un peu trop d'attention, il lui sembla entendre un gémissement, mais ce n'était rien comparé aux claquements qui s'élevaient un peu partout, dans les fourrés au loin, et en hauteur.

Une bonne vingtaine de minutes s'étaient écoulées. Peut-être davantage. Des acouphènes sonnaient comme des trompettes dans ses oreilles. Par flash, remontait l'image de la fille sexy en tunique couleur poussin et il soupirait sa déception. Il avait froid. Il regrettait d'être là. Parfois, il s'arrêtait de marcher pour tenter de déterminer d'où venaient les bruits. Puis il rattrapait son ami qui se déplaçait en écartant les bras pour s'équilibrer. Sa démarche était instable. Il menaçait de tomber à chaque ornière. Sa jambe finit par se dérober et Serge vit son copain s'effondrer.

— Ça va ?

— Ouais, c'est trempé...

— Allez, on y va.

— Je suis crevé...

— Allez, lève-toi !

Serge avait l'intuition qu'à cet endroit, ils n'étaient pas les bienvenus, mieux valait être discret.

— Chuuuut !

— Quoi chut ? ricana François.

Serge lui plaqua sans ménagement la main sur la bouche. Son copain se dégagea en râlant, mais comme il allait recommencer son raffut, Serge fit preuve d'autorité. Il avait entendu quelque chose de bizarre, pas une fantaisie du vent, plutôt le mouvement d'un animal. Très gros et très lourd. Il leva l'index. La bouche ouverte. Il s'arrêta de respirer. Des pas lourds, un grincement semblable à celui d'un assemblage brinquebalant de pièces en bois. Serge fixa le chemin derrière eux qui se perdait dans le noir ; le son était net, il arrivait par derrière. Une ombre se détacha. Elle émergea lentement. Les grincements augmentaient.

— Putain… C'est quoi ce délire… murmura François.

Serge, occupé à se mordre les lèvres, ne répondit pas tout de suite, mais à force de scruter le bout du chemin, il finit par discerner des chevaux à la robe claire traînant une charrette. Vision hallucinante ! C'était le genre d'attelage qu'on sortait de la grange une fois l'an aux fêtes folkloriques pour épater les touristes. La voie ancienne courait sur plusieurs kilomètres, elle était coupée par la route qui conduisait à la discothèque, quelques kilomètres en amont, et elle poursuivait à travers les champs lui avait dit François, sans doute jusqu'à la ferme des deux vieux à moitié sourds qui vivaient à proximité de la boîte sans jamais s'en plaindre. L'un d'eux avait-il des insomnies ? Hypothèse pas moins farfelue que celle des grenouilles carnivores dans la mare au bord de la discothèque.

Cette rencontre nocturne n'inspirait rien de bon, il était encore temps de se cacher. Cette proposition déplut à François qui voyait une chance de réaliser les derniers kilomètres assis, et peu importe que le transport en commun soit une charrette.

— Mais ce n'est pas normal ! murmura Serge affolé.

— Tu réfléchis trop... dit François en mimant d'un geste le bouillonnement inutile dans son cerveau.

Serge souleva son pote, toujours par terre, qui, surpris, se demanda d'où lui venait cette force nouvelle. François avait toujours pensé qu'une activité mentale trop intense empêchait l'usage de la force physique. Se faire manipuler ainsi comme un pantin lui déplut, il protesta ; Serge le musela une nouvelle fois avec la main mais la retira vite quand l'autre essaya de le mordre.

Les chevaux marchaient en file indienne, la tête basse, avec une crinière interminable traînant par terre, ils avaient les os saillants. Une ombre pilotait l'attelage, mollement remuée par les cahots du chemin, son attitude était celle d'un homme habitué à parcourir de grandes distances, et qui distribue le juste effort pour guider ses chevaux. Les couches de feuilles amortissaient le bruit des roues, mais le grincement des essieux déchirait les tympans. Dans quelques secondes, il allait apercevoir les deux intrus sur son chemin. Serge avait des frissons mais ce n'était pas la chair de poule qui dresse les poils, plutôt un vide glacial, un vide qui s'oppose à la vie et lui administre une défaite sans appel. Cette sensation venait de la charrette... Il tourna la tête vers son copain. À nouveau vers le véhicule. Encore vers son copain. François avait la bouche entrouverte, il consulta sa montre en éclairant l'écran à cristaux liquide à l'aide d'un petit bouton sur le côté.

— Il est cinq heures. J'ai mal aux jambes. Tu fais ce que tu veux. Moi je fais du stop.

Serge essaya de l'entraîner avec lui pour escalader le talus, mais l'autre opposa une résistance passive. Dix kilos de plus et la ferme intention de rester là. Alors Serge lui dit d'une voix fêlée que cette charrette n'était pas normale, elle lui

« donnait froid ». Son instinct lui sommait de fuir la silhouette tenant les rênes, recroquevillée sur le banc. François se contenta d'une moquerie. Serge, terrorisé, partit à l'assaut du talus, il était gras, la terre glissait, il agrippa des touffes d'herbes qui s'arrachèrent du sol. Il roula par terre en déclenchant un rire stupide de François. Il regarda une dernière fois l'attelage, à moins de 30 mètres, les chevaux étaient des squelettes ambulants, les yeux gonflés, vitreux, tandis que l'homme aux commandes tanguait, sans rien exprimer, ni surprise ni impatience, son visage dissimulé sous les bords d'un grand chapeau.

Serge céda à la terreur, il devait immédiatement sortir de ce chemin. Il s'élança dans l'autre direction, son impulsion fut assez forte pour l'amener en haut du talus sans l'aide des mains, il attrapa un tronc d'arbre, se hissa, n'hésita pas une seconde devant les branches hérissées des ajoncs. Il se jeta dans la jungle en faisant un énorme raffut, couinant à cause des piqûres. Son pied heurta une racine, il réussit à garder l'équilibre. Il se mit de profil pour avancer dans le taillis en limitant les écorchures, les mains devant le visage. Une dernière fois, il prononça le prénom de son ami pour l'inciter à le suivre.

Son pied se fourra dans un trou, sa cheville se tordit douloureusement, il s'effondra. Serra les paupières. Et décida de ne plus bouger. Le sol sentait les feuilles pourries, les champignons, avec un relent de charogne. La charrette s'était arrêtée et régnait un silence profond, comme si la nature avait cessé de respirer. Serge sentit une pierre sous la cuisse, il n'osa pas déplacer la main pour la dégager.

Il entendait maintenant François parlementer, mais sans comprendre ce qu'il disait, il avait la voix haut perchée des hommes épuisés, ivres mais heureux. Le type en noir, lui, on ne l'entendait pas, il répondait avec des signes peut-être, ou d'une voix si basse… Serge sursauta quand François se mit à gueuler son nom. Il gémit *tais-toi* intérieurement, *laisse-moi tranquille*. Son prénom scandé dans la nuit était effrayant. Il voulait disparaître. La voix devint encore plus distincte quand François se hissa au sommet du talus qui bordait le chemin. Quelques mètres les séparaient. Mais il savait qu'il était invisible allongé dans cet amas végétal.

— Seeeeeerge !

Une fois, deux fois, trois fois. Son prénom résonnait dans la nuit. Il commençait à éprouver des remords à se cacher ainsi de son pote. Le tiraillement était insupportable entre la loyauté et la peur. Il était sur le point de craquer et de sortir en riant pour cacher sa honte, mais la voix de l'homme se fit entendre. Une onde caverneuse, sans humanité, dure. Un seul verbe. C'était un ordre d'une incroyable puissance. D'une incroyable simplicité. Et si le commandement lui avait été destiné, il n'aurait pas été capable d'y résister. « Monte ! » dit la voix et la silhouette de François obéit comme un pantin. Quelques secondes plus tard, l'attelage s'ébranla en grinçant, disparut dans la nuit.

Serge attendit de claquer des dents avant d'oser rejoindre le chemin creux. La vie reprenait, les premiers oiseaux de l'aube et, à travers les branches, le début rose d'une lueur. Il reprit sa marche, cherchant dans le sol les traces laissées par le véhicule, mais il ne vit rien, pas la moindre ornière ; plus loin, il dût escalader le talus pour éviter une étendue de boue ou stagnaient des flaques d'eau ; même ici, nulle marque de roues ni de sabots... Ce fut le seul détail « surnaturel » qu'il refusa de confier aux gendarmes qui l'interrogèrent sur la disparition de François Prigent, le 21 avril 1984. Car son corps ne fut pas retrouvé immédiatement.

Personne ne fit jamais le lien avec la mort, le même soir, du vieil homme habitant avec sa femme à proximité de la discothèque et dont le sentier longeait la ferme. Car tout le monde en 1984 avait oublié comment opérait l'ouvrier de la Mort. Il circulait dans la campagne à travers ces voies très anciennes et ce soir-là, après avoir déposé l'âme du vieillard dans sa charrette, il avait par hasard croisé la route des nightclubbers. Serge tenta d'oublier. Mais un an plus tard, un ramasseur de champignons découvrit à plus d'un kilomètre du lieu de la disparition une dépouille humaine, elle fut identifiée comme celle de François, mais la cause du décès resta un mystère et Serge, un temps inquiété, finit par être disculpé « faute de preuves ». Ebranlé, il passa les trois années suivantes à chercher une explication rationnelle à laquelle s'accrocher, peut-être pour se protéger d'un retour de l'Ankou. On raconte qu'il finit par se résoudre à l'idée de la mort grâce à la pratique de la méditation bouddhiste.

Fan-club

Lucien Morvan avait perpétué une tradition familiale consistant à traiter d'abruti le premier né des garçons. Lui-même avait subi le même calvaire, aussi fut-il soulagé de pouvoir transmettre son malaise au suivant dans la lignée. Par respect pour son père, Jean, le fils de Lucien, consacra toute son existence à lui donner raison et à faire de mauvais choix. Mais la nature l'avait doté d'un tempérament indolent et il n'eut pas souvent l'occasion d'agir (et de se tromper). Ses erreurs, en nombre limité, formaient de petits accidents dans une lente dégradation ; il ne ruina pas l'exploitation agricole dont il avait hérité, sans pour autant connaître une activité florissante, comme les autres fermes du voisinage. Fidèle à ses ancêtres, Jean décréta dès la naissance de son premier fils, en 1967, qu'il se comportait comme un idiot. Mais sa femme, qui était moderne, un poil féministe, et avait lu les ouvrages du docteur Benjamin Spock, un pédiatre américain, s'était mise à défendre le petit Charles. Car elle avait décelé en lui une âme contemplative, nuancée, complexe, langoureuse... Si peu compatible avec la conduite d'engins agricoles.

À l'âge de vingt-deux ans, comme s'il avait eu la volonté inconsciente d'en finir avec la filiation des abrutis, Charles décida d'abandonner son nom de famille pour le pseudonyme de Léo Pardo. Il connut le succès comme l'avait prédit sa mère et devint chanteur d'un groupe de rock alternatif, avant d'entamer une carrière en solo. Elle culmina fin 2005 par un duo avec une chanteuse folk américaine dont l'un des titres de l'album se vendit dans toute l'Europe. Puis son audience diminua. Léo Pardo s'assoupit sur la gloire et les droits d'auteur, et quand il voulut remonter sur scène, le public s'était clairsemé. Pire encore : le transfert aux générations suivantes n'avait pas eu lieu, il n'était pas de ces chanteurs culte que les enfants des premiers fans redécouvrent avec émerveillement. Le coup de grâce lui fut porté par son manager, quand il lui annonça la trahison des programmateurs de la fête de l'Humanité. Léo était écœuré.

— Mais je suis un chanteur engagé ! Manu Chao est-il à l'affiche ?

— Ouais… confirma Serge, qui était aussi son cousin germain. Et pour dix fois ton cachet, au moins… Et pour le reste, ils veulent renouveler…

— Genre ?

— Ils veulent accorder plus de place à la musique urbaine… Je les cite.

Léo se crispa, l'expression « musique urbaine » le mettait en rogne, comme si une musique pouvait se définir par des critères géographiques. Il tourna en rond dans la petite cuisine de son appartement à Saint-Malo intra-muros, s'arrêta devant la fenêtre, posa le bout des doigts sur le châssis et contempla la mer.

— Mon dernier album est trop typé rock, je te l'avais dit, je m'en souviens, je te l'ai répété, il me fallait un duo avec un rappeur !

Serge encaissa sans broncher, il avait sollicité une bonne dizaine de jeunes artistes qui avaient tous décliné la proposition, mais Léo faisait mine d'oublier ce détail. Le deal s'apparentait, dans la tête de ces jeunes prétentieux, à une opération de charité au profit d'une ex-gloire des années 2000. Ils n'avaient rien à y gagner, eux, à part une petite touche surannée à leur répertoire.

— Bon, tu appelles Manu, il va nous arranger ça.

— Manu ?

— Manu Chao !

Il y avait le Manu de la cabane à frites, mais il se plaignait à longueur de temps du matraquage fiscal, paroles qui le plaçaient, de fait, dans le camp des ennemis de *L'Huma*.

— Je n'ai pas le numéro de Manu Chao... soupira Serge.

— Mais si... Rappelle-toi... Au festival Interceltique, il m'avait filé son 06...

— C'était celui de son manager. Et quand j'ai appelé, je suis tombé sur un antiquaire de la Drôme. Tu as oublié ?

Léo se rembrunit, évalua les prochaines échéances...

— Eh bien tant pis pour ces cons. Je jouerai le nouveau set à Cancale pour la fête de la Moule. Il y a toujours un paquet de monde à cette manifestation, c'est bon enfant.

— La programmation est ficelée. On n'est pas dedans.

Léo refusa de se battre pour si peu, il avait mieux à faire que s'abîmer la voix devant un parterre de touristes gavés de moules, de frites et de vin blanc qui assistent au concert comme on regarde un feu d'artifice, non ? Il éclata de rire. La vie de saltimbanque était faite de hauts et de bas et, disait-il, tu affrontes la solitude en moine soldat, âpre et tendu, tu vas chercher un nouveau public, dans la sueur, l'angoisse, la hargne, et là tu bois à la source du rock, l'origine de tout. Ouais, à ce moment-là, tu es dans le vrai ! C'est la galère qui te fait renaître.

— Finalement, c'est peut-être une chance de repartir d'en bas. Tu ne crois pas ?

— Je le pense, oui.

— Tu sais quoi, Serge, appelle le bistrot du port, tu les appelles et tu leur dis, *les gars, j'ai une surprise pour vous : Léo fait son come-back, ouais les gars, chez vous, pour la fête de la musique !* Retour aux sources ! Le café-concert !

— J'ai déjà demandé... prononça lentement son manager en surveillant des signes de colère. Ils m'ont dit que tu les as snobés les années passées, alors ils ne préfèrent pas.

Léo partit d'un grand rire.

— Ils ne préfèrent pas ! répéta-t-il en singeant l'air grandiloquent d'un petit baron de province. Et tu peux me dire qui jouera chez eux à la fête de la musique ?

— Yatoum Fiz.

— Qui ça ?

— Je ne connais pas non plus, avoua Serge. Un rappeur de Loire-Atlantique.

Léo ricana en montrant les canines. Il tira une chaise qui grinça sur le parquet, ce qui avait le don d'irriter son voisin d'en dessous ; il s'assit en face de son cousin, les jambes grandes écartées. Serge avait fini depuis longtemps son Perrier citron, il patientait, comme toujours, il attendait une accalmie pour aider Léo à trouver une solution. Car il avait foi en lui. Même si l'activité de manager de Léo Pardo s'apparentait à une activité bénévole depuis trop longtemps.

— Alors, on fait quoi ? demanda le chanteur.

— Aujourd'hui, pour avoir une chance d'être entendu, il faut faire le buzz, les réseaux sociaux sont la nouvelle caisse de résonnance de l'industrie musicale.

— Tu veux quoi, Serge, que j'aille me battre avec un autre artiste ?

— Non… Léo… Laisse ça aux rappeurs. Toi, tu as besoin d'un truc plus subtil…

— Tu veux faire du buzz subtil ?

— Léo. Ecoute-moi. J'ai envisagé toutes les solutions. J'ai une idée radicale. Tu m'écoutes ?

— Oui, fit-il en se concentrant sur le visage de son cousin, un peu plus ridé que le sien et cerné d'une barbe de trois jours.

— Tu es un chanteur engagé et ton public est de gauche. C'est ton ADN d'artiste. Et moi, personnellement, je ne crois pas à la renaissance du Phoenix s'il méprise son ADN.

Il accorda un délai pour donner à Léo le temps d'intégrer la métaphore. Dehors, perché sur une gouttière tordue, criait un goéland au regard fourbe.

— Mon buzz va être de gauche.

— Exactement. À fond. Mais je te préviens, pour se faire une place sur YouTube, avec un buzz bien à gauche, il faut frapper fort.

Quand Serge eut fini d'exposer son plan, Léo avait la mâchoire écartée. Il était incapable de donner son accord, pas tout de suite, ni même un avis. Il était choqué. Il lui fallait le temps de digérer.

— Mais ce n'est pas un peu limite, d'un point de vue éthique ? fut son unique question.

Ce à quoi Serge répondit par un haussement d'épaules, en lui rappelant que le bistrot du port avait refusé de le programmer pour la fête de la musique. Le bistrot du port...

L'un des oncles de Léo Pardo, retraité de la gendarmerie, avait gardé de bonnes relations avec un collègue syndiqué de la caserne de Dol-de-Bretagne ; il remit à son neveu, sans poser une seule question, la liste des prochains contrôles routiers réalisés conjointement avec les équipes de la douane de Rennes. Cette précieuse information en poche, Léo et Serge fixèrent le jour, l'heure et le lieu de l'opération.

Bientôt, son acte de bravoure serait exposé à des millions de commentaires, avec une vidéo virale suivie d'un débat dans les médias et le Graal : la une des *Inrocks*. Son label de gauche revitalisé, il pourrait alors espérer un retour en force de sa musique et des milliers de téléchargements de ses nouveaux singles.

Les jours qui précédèrent, Léo se montra tendu, très soupe au lait, ne trouvant la paix que lors de sorties à moto le long de la côte, ou dans les bras de sa nouvelle amie, prénommée Morgane. Sa présence sous la couette était aussi apaisante qu'une boite de Xanax géante sans effet secondaire. Cependant son inquiétude était trop forte. Comme un mauvais pressentiment. Il croyait s'endormir, auprès de Morgane, ses paupières s'alourdissaient, mais un fil d'acier le maintenait à la surface des ténèbres et il ne parvenait pas à rêver. Le sommeil se résumait à quelques heures fébriles. Il était épuisé.

Le jour J, Serge appela Léo depuis le parking situé le long des remparts, où il avait garé la vieille camionnette. Il était 21 heures et Léo mit un temps fou à arriver. Le chanteur fut surpris du choix du véhicule, un Citroën type H, dont l'étrange allure cubique, avec sa carrosserie en tôle ondulée, évoquait un véhicule prêt à exploser en mille morceaux au premier nid de poule.

Ils prirent la direction de Saint-Méloir-des-Ondes. Engagèrent le véhicule dans une allée où pendaient les branches mal taillées. De la petite maison peinte en vert sortit un homme au large sourire, les jambes un peu arquées.

— C'est lui ?

— Son association a le bras long.

L'homme trapu les couvrit d'éloges, sans leur laisser le temps d'en placer une, il appréciait leur aide, il le répéta plusieurs fois, mais il s'inquiétait de la vétusté de la camionnette pour avaler les cinq cents bornes qui les séparaient de Calais. Ensuite, il demanda des précisions sur le transporteur qui les attendait là-bas et prendrait Fesshaye sous son aile, jusqu'à Brixton, à Londres, où résidait son frère. Serge le rassurait, tandis que Léo regardait ses pieds pour ne pas trahir son léger sentiment de culpabilité. L'homme appela son protégé, un Erythréen d'une vingtaine d'années en jean et tee-shirt rouge, équipé d'un sac de sport.

— Je vous présente Fesshaye.

Ils échangèrent poignées de main et quelques amabilités dans un anglais rudimentaire.

— Si vous devez lui parler, anglais uniquement.

— *All right*, répondit Serge en invitant, d'une tape sur l'épaule, le jeune homme à grimper dans la camionnette.

Dans l'allée, la haie sauvage fit encore traîner ses longues tiges sur la paroi en tôles ondulées, le crissement mettait les nerfs en pelote. Il suscita chez l'artiste l'image d'un chat géant qui laissait filer sa proie après lui avoir infligé une blessure mortelle.

Ils étaient tous les deux installés devant, leur passager anglophone assis derrière sur un matelas, son sac entre les jambes. Des filets roses striaient le ciel et les petits phares ronds éclairaient à peine la route. Un oiseau volant bas fit une mauvaise évaluation et s'encastra dans la calandre. Léo frissonna. Selon ses informations, le barrage était situé dans un triangle entre le Vivier-sur-Mer, Cherrueix et Mont Dol, un paysage plat et marécageux, parfois sous le niveau de la mer, en bordure du Mont-Saint-Michel.

Il était au volant et montrait des signes de nervosité, il s'emporta contre le levier de vitesse qui lui résistait et le secoua avec brutalité. Serge voulut remettre les choses au point pour calmer son chanteur. Il lui fit signe de s'arrêter. La camionnette patina sur la pente herbeuse à l'entrée d'un champ. Fesshaye s'agita, contrarié par cette halte.

— Qu'est-ce qui se passe ? Tu es tendu ? demanda Serge.

— Et si la police le ramène chez lui… ? À cause de nous ?

— C'est un clandestin, il est grand, il connaît les risques.

— Je sais… Mais si on le ramène chez lui, *à cause de moi*… Je vais être massacré sur les réseaux sociaux.

— Non. L'histoire n'est pas celle-là. On en a déjà parlé.

Léo indiqua l'ouverture aménagée entre la cabine et le fourgon par laquelle Fesshaye pouvait capter leur conversation.

— Il ne parle pas un mot de français ! Tu peux en être sûr. Écoute… Prends notre scénario sous tous les angles, cherche une faille, tu n'en trouveras pas, il est parfait ! L'histoire est celle d'un artiste engagé, Léo Pardo, qui veut aider un jeune Africain à passer en Angleterre, mais il se fait serrer par la gendarmerie. Pas de bol. Et pour ceux qui doutent, la vidéo va faire un carnage viral, affirma Serge en montrant son smartphone. L'intention est juste, l'action est courageuse. Le mauvais rôle est tenu par les flics. OK ?

— Depuis que j'ai fait la connaissance de Fesshaye, j'ai un sentiment de culpabilité...

— En vérité, il ne risque rien. Son cas va être ultra médiatisé : ils vont être obligés de trouver une solution. Tu sais comment ça se passe ? Quand Fesshaye sera connu, ils seront coincés.

Ils procédèrent au changement de place, invitant le candidat au voyage outre-Manche à monter dans la cabine côté passager, tandis que Serge - le caméraman - s'installait à l'arrière. Avant, pour se détendre, ils fumèrent tous les trois de l'herbe. Léo s'était rempli les poumons, il conservait la fumée longtemps, jusqu'aux vertiges. Il n'aurait jamais pris le volant dans ces conditions s'il n'y avait pas eu un trésor à la fin. Il avait, ce soir, la possibilité de restaurer sa gloire d'avant. On ignore la difficulté à demeurer un homme ordinaire après avoir frôlé les étoiles. Dans cette vie d'avant, les morceaux éclatés de sa personnalité ne faisaient qu'une seule et même entité, noués dans un personnage public, et on l'aimait, on l'acceptait comme ce tout. Le regard amoureux de son public raccommodait sa personnalité en miettes. Et lui donnait raison ! Quoiqu'il fasse. Car il n'y a pas d'anomalie chez l'artiste, il peut tout faire, on aime ses contradictions.

Quelques kilomètres après le Vivier-sur-Mer, dans un virage, ils aperçurent le feu des lampes torches et les bandes réfléchissantes des véhicules de gendarmerie. Léo jeta un coup d'œil à Fesshaye qui frottait d'un air inquiet ses mains l'une contre l'autre.

— *Don't Worry*, dit Léo.

— C'est parti… murmura Serge, avant de mettre en route la caméra du smartphone.

Ils arrivèrent très lentement à hauteur d'un duo de gendarmes, un homme et une femme, qui les regardèrent passer sans exécuter le moindre geste pour les contraindre à s'arrêter. Léo les fixa du regard. Rien. Il continua son chemin, interloqué. Serge arrêta de filmer.

— Qu'est-ce que c'est que cette merde ! pesta Léo. Ils ne nous ont pas contrôlés !

Serge passa le buste à travers le châssis de la cabine, il se tordit le cou pour vérifier par lui-même. Ouais… Ils venaient de passer le barrage.

Léo dispensa à Serge une leçon d'humilité, il était bien imprudent d'imaginer un scénario parfait, la vie anéantissait les plans parfaits. Il lui reprocha de n'avoir même pas envisagé cette option. Il s'en prit au choix du véhicule.

— C'est à cause de la camionnette : un combi Volkswagen, ils nous arrêtaient ! Mais là… On a l'air de transporter des choux fleurs dans cette ruine ! On fait demi-tour…

— Non-non-non, surtout pas, il faut faire une boucle et revenir par la même route, toujours dans la même direction, vers Calais, sinon l'histoire ne tient pas debout.

Fesshaye, qui était resté muet jusqu'à maintenant, leur demanda ce qu'il se passait. Serge le rassura.

Léo engagea la camionnette au hasard dans une petite route qui longeait une ferme, bientôt, le paysage se résuma à deux talus râpés, hérissés d'herbes sèches. La chaussée se divisa en deux voies encore plus étroites, au revêtement effrité, où les trous succédaient aux réparations de trous (sous la forme d'un amas grossier de bitume) ; les roues du véhicule rebondissaient dans les cavités et les essieux gémissaient. Léo dut ralentir. Après plusieurs croisements qui semblaient mener vers nulle part, ils arrivèrent en face d'une dune, creusée en son milieu, qui s'ouvrait sur la grève.

— Et merde…

Il fit marche arrière, le moteur gémit ; profitant d'un terre-plein, il exécuta une manœuvre qui les remit dans le bon sens. Il continua à circuler sans trop savoir où il allait. Il était en colère et épuisé. Ses boyaux se tordaient. Les épaules relevées, les bras traversés d'éclairs. S'il maîtrisait son envie de crier sur son cousin Serge, c'était uniquement pour épargner à leur jeune passager une épreuve de plus.

Ils rejoignirent une route convenable, Fesshaye fit savoir qu'il avait envie de pisser. Léo gara la camionnette. Le jeune homme descendit. Léo en profita pour régler ses comptes avec son manager. Au bout de quelques minutes, Serge lui demanda de se taire, il s'inquiétait de l'absence prolongée de Fesshaye. Il sortit du fourgon, frappa au carreau côté passager. Léo sursauta et actionna la manivelle pour descendre complètement la vitre.

— Quoi ?

— Il s'est barré.

— Pourquoi il est parti ?

— Je pense qu'il a eu peur… Notre comportement était bizarre.

Léo pencha la tête jusqu'à heurter du front le volant. Il se lamenta. Leur expédition virait à la farce.

— Quel ingrat… Je vais tenter le rattraper, proposa Serge avant de disparaître de l'encadrement de la fenêtre.

Léo alluma une cigarette. Aucune voiture ne passait. Plus loin, dans la masse d'un bosquet, s'éleva le cri d'une chouette. Si le jeune homme s'était évanoui dans la campagne, ils ne pourraient jamais le rattraper. Il fut saisi de remords. Se dérober à ses anges gardiens au milieu de la nuit, fussent-ils en train d'exploiter la situation à des fins médiatiques, était un mauvais choix, mais Léo pouvait comprendre. On évalue bien mal les situations sous l'effet de la peur. Léo considéra soudain le projet avec une immense lassitude. Trop de facteurs hasardeux. Il lui tardait de rentrer chez lui pour retrouver la peau de Morgane. Le plan n'était pas compromis, comme le croyait Serge, il était tout simplement foutu.

Qu'est-ce qu'il pouvait bien faire ? Le temps s'étirait et le moteur de la camionnette refroidissait, tandis que la chouette saluait ce moment où la nuit occupait tout l'espace, de la terre au ciel, et où les créatures diurnes les plus sages dorment dans un endroit bien en sécurité. Léo commençait à avoir mal à la tête. Des gouttelettes de sueur apparurent sur son front.

Il sortit à son tour du véhicule, appela son cousin. Il mit les mains en entonnoir, comme dans les dessins animés. Son imagination était agitée par les molécules de THC. Le pétard était chargé, il en avait inhalé à lui seul une bonne moitié, en laissant le temps à ses cellules pulmonaires de bien téter la fumée. Résultat, il était passablement défoncé et son mal de tête s'amplifiait.

Il marcha un moment dans un champ, mais les pieds s'enfonçaient dans la terre ; il avisa un chemin, franchit le talus et s'y engouffra en continuant d'appeler Serge. Au loin, une vache meuglait. La piste était rectiligne, jonchées de branches mortes. Le sol devint humide. Il atteignit une rivière ; là, un mince filet d'eau coulait au milieu d'un chenal dont la largeur et la profondeur suggéraient un débit bien plus important en hiver. Il s'agenouilla et tenta d'en capter un peu pour s'asperger le visage. Il entendit alors une chose glisser furtivement derrière lui. Il se redressa et scruta la nuit. En se retournant vers la plaine, derrière la rivière, il aperçut la silhouette d'un grand chien. Cette apparition lui flanqua la trouille. Son cœur se mit à pomper à toute allure, chaque pulsation percutait l'intérieur de son crâne et faisait monter la douleur. Il recula. L'immobilité du pelage noir était effrayante. Il ne grognait pas. Ne remuait pas la queue. Ne cherchait pas à le contourner. Il était aussi raide qu'une statue mais sa vigueur, manifeste ; Léo sentait toute l'attention du chien portée sur lui, comme s'il attendait un ordre de son maître dissimulé à côté. Léo recula, et quand il se sentit à bonne distance, il se mit à courir.

Arrivé dans la cabine, il poussa un petit cri de soulagement. Une odeur de textile humide le surprit. Il se retourna et fut saisit d'une nouvelle peur, qui s'estompa, quand, après avoir demandé, « Serge c'est toi ? », une voix répondit « oui ». Il était assis sur le plancher, recroquevillé. Une masse sombre. Et ce fumet moisi ! Sans doute avait-il crapahuté dans un marécage. Sa voix semblait enrouée. Léo lui demanda de venir s'asseoir avec lui devant.

— Non, répondit Serge.

— Comme tu veux. Je m'en fous. Je rentre.

Il força pour tourner la clé de contact qui résistait. Essaya de boucler la ceinture, mais le dispositif semblait brisé. Il abandonna l'idée. Il était pressé. Il reprit la route. Soulagé. Mais toujours torturé par la migraine. Alors que le calme revenait en lui, il songea que l'homme muet dans le camion, derrière lui, n'était peut-être pas Serge. Pour vérifier ses nouvelles craintes, il lui posa une question :

— Comment Fesshaye va-t-il rejoindre Bruz ?

L'autre répondit :

— Ne t'inquiète pas pour lui.

— Tu ne l'as pas trouvé...

— Ce n'est pas lui que je cherchais...

Léo pivota la tête, pour percevoir, aux bruits, les indices d'un déplacement. Mais l'homme ne bougeait pas. Léo savait, cette fois avec certitude, qu'il n'avait pas embarqué son cousin avec lui. Il attendrait un village et ses lampadaires pour chasser le SDF car il avait peur, en agissant maintenant, de déclencher une mauvaise réaction. Mais comme il était complètement perdu, la route déserte semblait interminable ; et l'absence de panneaux indicateurs n'arrangeait rien. Il avait l'impression de circuler au milieu de nulle part.

La camionnette déboucha enfin sur la route nationale 176 entre Dol-de-Bretagne et Saint-Malo. Léo put enfoncer un peu plus la pédale d'accélérateur. L'aiguille du compteur indiquait cent dix à l'heure. Toute la structure du vieux camion vibrait. Léo jetait de temps à autre un coup d'œil dans le rétroviseur intérieur, mais ne voyait rien. Son passager clandestin ne bougeait pas.

Tout à coup, une main puissante vint se plaquer sur ses yeux, l'aveuglant totalement. Il hurla. À la terreur de perdre le contrôle de la camionnette s'ajouta l'effroi de sentir cette main glaciale. Sans vie. Violente. Il décrocha la sienne du volant, pour essayer de repousser le bras assassin, mais rencontra une force implacable. Il cria encore. Plus fort que jamais. À en fissurer ses précieuses cordes vocales. Sentant la camionnette dévier, il voulut freiner. Mais la frayeur avait contaminé son corps, les doigts sans chaleur qui s'enfonçaient dans ses tempes étaient comme prolongés de minces tentacules psychiques, pénétrant l'os, elles farfouillaient dans son cerveau, le rendaient fou. La camionnette s'écrasa contre la rambarde de sécurité au milieu de la voie, rebondit, partit dans l'autre direction, pour échouer dans le fossé. Le corps de Léo Pardo traversa le pare-brise.

Il ne mourut pas du choc, mais d'une hémorragie à la carotide. Et pendant que le sang s'écoulait dans l'herbe, au milieu des spasmes sans douleur, Léo crut sentir la présence du passager farceur, assis à côté de lui, qui veillait pendant son agonie et attendait son dernier souffle. L'Ankou n'est pas une mauvaise créature, seulement elle est indifférente à la peur que provoquent ses apparitions et indifférente aux conséquences de son travail comme peut l'être un bûcheron au moment de tronçonner un vieil arbre pour en laisser pousser d'autres. L'Ankou murmura dans l'esprit embrumé de Léo, il l'informa de cette manière étrange et surnaturelle que les hommes appellent intuition : Morgane portait en son ventre un amas de molécules qui allait devenir son fils. Et la Mort ajouta, sans ironie aucune, que le processus d'humiliation des premiers-nés de sexe mâle de la famille Morvan était définitivement rompu. Il n'y aurait plus jamais d'abrutis.

Table des matières

DÉJÀ PARUS AUX ÉDITIONS ANTIDATA

L'Enfer Me Ment
Collectif

Playlist
Christophe Ernault

Morphéïne
5 nouvelles sur le sommeil
Collectif

Short Satori
14 nouvelles sur l'éveil
Collectif

Il y a un trou dans votre CV
26 entretiens d'embauche
Olivier Salaün et Philippe Bernard

Échappées belles
Christophe Mérit

Des hippocampes dans l'hémicycle
Dialogues à l'Assemblée
Malvina Majoux et Serguej Kljajic

CapharnaHome
10 nouvelles sur la maison
Collectif

Dans l'attente d'une réponse favorable
24 lettres de motivation
Gilles Marchand et Philippe Bernard

Douze cordes
12 nouvelles musicales
Collectif

M, la conscience féline malheureuse
Olivier Salaün et Aurélie Lachèvre

Le Théâtre des choses
Nouvelles de France et de Pologne
Bertrand Redonnet

Tapage nocturne
15 nouvelles sur la nuit / Collectif

Noche Triste
Stéphane Monnot

Haine 7
Jean-Luc Manet et Emmanuel Gross

Temps additionnel
11+1 nouvelles sur le foot /Collectif

Cosmic Jobs
Romain Protat et Emmanuel Gross

Version originale
12 nouvelles sur le cinéma / Collectif

Jusqu'ici tout va bien
12 nouvelles sur la phobie
Collectif

Protégeons les hérissons
Olivier Bordaçarre

À pleines dents la poussière
Stéphane Le Carre

Terminus
11 nouvelles sur le dernier / Collectif

Au-delà des halos
Laurent Banitz

Dernier avis avant démolition
Fabien Maréchal

Parties communes
12 nouvelles sur les voisins / Collectif

Petit Ailleurs
14 nouvelles sur la cabane / Collectif

Nous sommes de rands chiens bleus
Laurence Albert

Cendres de Marbella
Hervé Mestron

Capsules
Benjamen Planchon

Aux Fils du calvaire
Jean-Luc Manet

Ressacs
13 nouvelles sur la mer / Collectif

Gardien du Temple
Hervé Mestron

Le Monico
Éric Bohèmet/Aliona Ojog

Achevé d'imprimer par Corlet Numéric, Z.A. Charles Tellier, 14110 Condé-en-Normandie
N° d'imprimeur : 165490 - Dépôt légal : avril 2020 — *Imprimé en France*